Mord ohne Leiche

Gunter Gerlach

Mord ohne Leiche

Brahms ermittelt

Ein Ellert & Richter Krimi

Wenn der Zufall zwei Wölfe zusammenführt, fühlt gewiss keiner die geringste Beklemmung über das, dass der andere ein Wolf ist; aber zwei Menschen können sich nie im Wald begegnen, ohne dass nicht jeder denkt, der Kerl könnt' ein Räuber sein.

Johann Nestroy

1

Das Knurren des Türsummers, die Drohung eines elektrischen Hundes. Moderne Zeiten in einem alten Mietshaus.
Der Fahrstuhl zwischen den Marmorwänden des Treppenaufgangs eine schmiedeeiserne Voliere für adlergroße Vögel. Ein anderes Jahrhundert.
Brahms schnüffelte sich in den ersten Stock. Die Luft gefüllt mit Zimt und Maschinenöl.
Zwei Schlösser wurden gedreht, ein Querriegel zur Seite geschoben. Hier herrschte Angst. Aber die beiden Türflügel schmückten sich im oberen Teil mit geätzten Glasscheiben. Lilien. Ein Schlag, und jeder Einbrecher wäre hineingelangt.
Die Tür schwang auf, und Brahms wich zurück. In der dunklen Öffnung ein kahler Schädel, der als Wucherung, als Beule oder giftiger Pilz aus den Schultern herausgewachsen war. Keine Augenbrauen. Kopf und Hals eine Linie. Aus der Mundhöhle ragte eine dicke glimmende Zigarre. Der Mann war kaum größer als Brahms, betrachtete ihn aber von oben herab.
„Sie haben keinen Hund dabei?“ Beim Sprechen hielt er die Zigarre mit den Zähnen fest.
„Nein.“
Die Wucherung bekam Dackelfalten auf der Stirn. Der

Kopf war mindestens fünfzig Jahre alt. „Aber Sie sind doch Brahms?"
„Ludwig Lutz Brahms. Und wenn es Sie beruhigt: Ich bin eine Art Hund."
Der Kahlköpfige nahm die Zigarre wie einen Stöpsel aus dem Mund, aber der Kopf wurde nicht kleiner, sondern durch ein Grinsen breiter. Eine Hand streckte sich darunter hervor.
„Ich bin Martin Bollhart."
Brahms zögerte. Die Hand erschien ihm ohne Knochen ihre Form zu wechseln. Doch dann griff er zu. Feucht und kalt, ein Stück Fleisch auf der Theke eines Schlachterladens.
Bollhart schob die Zigarre wieder zwischen die angespitzten Lippen. „Ihr Vater hat Sie empfohlen", sagte die Qualmwolke.
„Hat er das wirklich?"
Bollhart schaltete das Licht ein und ging voraus. Der dunkle Gang verwandelte sich in ein Spiegelkabinett. Kronleuchter, tropfendes und geschliffenes Glas. Große gegenüberliegende Spiegel in goldenen Rahmen. Brahms' Abbild vervielfachte sich. Struppiges dunkles Haar, eine vorstehende Nase, der blaue Bartschatten. Ein Hundegesicht. Eine ganze Hundemeute in der gleichen Haltung. Jeder Kopf ragte aus einer schwarzen Regenjacke mit aufgestelltem Kragen.
„Wie halten Sie das aus?" Er deutete auf die Spiegel.
Bollhart reckte den Kopf, betrachtete sein eigenes Bild.
„Ich versuche mein ganzes Leben lang, mich an mein

Aussehen zu gewöhnen. Viele Spiegel machen hart."
Trotz der weiten Hosen des grauen Anzugs war zu erkennen, dass der Körper von Beinen getragen wurde, die einem dicken Pferdeleib angemessen wären.
„So habe ich es nicht gemeint." Brahms hob entschuldigend eine Hand.
Bollhart drehte sich um. „Keine Sorge, ich weiß, wie ich aussehe. Was mich attraktiv macht, ist mein Geld. Ich habe sonst nichts. Man könnte auch sagen, ich habe beim Geldanhäufen alles verloren, was mich vielleicht früher ohne Geld interessant machte, einschließlich eines akzeptablen Aussehens." Er lachte zischend, als hätte er einen Überdruck in der Lunge. „Ich weiß nicht einmal mehr, wie ich davor gewesen bin. Das scheint der Lauf der Dinge, dass man sich verformt, beim Geldverdienen, bis man kein Maß mehr hat. Und das genau ist die Voraussetzung, weiter im Übermaß Geld einzunehmen. Ich bin nichts mehr, ich bin nur noch mein Geld. Mein Vermögen ist meine einzige Potenz. Ich hab es so gewollt."
„Sie brauchen eher einen Wachhund."
„Ich sage das, damit Sie meine zukünftigen Handlungsweisen verstehen."
„Was haben Sie vor?"
„Ich soll ein Stück meiner Persönlichkeit auflösen, ich soll mein Geld hergeben, nicht als Investition, die mehr Geld einbringt, nein, sondern von vornherein als simplen Totalverlust. Für jemanden wie mich, der nur aus Geld und dessen Vermehrung besteht, undenkbar."

Brahms zog sich selbst das Ohrläppchen lang. „Wenn ich Sie recht verstehe, sollen Sie bezahlen und bekommen keinen Gegenwert?"
„Das Geschäft ist noch schlechter, ich bekomme nur, was ich schon besitze."
„Vielleicht erzählen Sie von vorn."
„Meine Frau ist entführt worden. Ihr Vater hat Ihnen das doch gesagt?"

2

Der Klingelton des Telefons war der pure Alarm. Der Hörer roch nach Schwefel, nach einer elektrischen Entladung wie die Luft nach einem Gewitter.

Seine Mutter Elisabeth am anderen Ende mit der Stimme eines Engels: „Lutz, komm doch mal wieder abends zum Essen vorbei." Fast ein Lied. Sie ließ den letzten Ton stehen, fuhr dann ohne Melodie fort: „Am besten heute."

Ein Befehl.

„Was will Vater von mir?"

„Ja, nein, es ist auch, damit du Christine kennenlernst."

„Das ist nett, dass ihr für mich eine Frau besorgt habt."

„Das ist die neue Haushaltshilfe. Aus dem Ausland."

„Woher?"

„Ach, du weißt, aus einem dieser Länder, woher die heute kommen. Du wirst doch pünktlich sein?"

„Ja." Es war mehr ein Stöhnen als Zustimmung.

Seit er die Universität ohne Abschluss verlassen hatte, ging es immer darum, wann er endlich in das Familienunternehmen eintrat. Die Tradition musste fortgesetzt werden. Schon mit dem Vornamen Ludwig Lutz hatte der Vater Ludwig Wilhelm die Weitergabe des Kaffee-Handels an seinen Sohn geplant.

Brahms – Kaffee wie Musik. An vielen Hauswänden war die alte Werbung noch zu lesen.
„Außerdem musst du das Kleid sehen, das ich ersteigert habe. Es ist aus einem Film. Mehr sage ich nicht."
Seine Mutter, eine ehemalige Heidekönigin, hatte Schauspielerin werden wollen. Aber als Ehefrau von Ludwig Wilhelm Brahms durfte sie nicht arbeiten. Tradition.

Sie empfing ihn in einem einfachen braunen Kleid mit langem, weitem Rock. Sie drehte sich vor ihm, die Hände hinter dem Rücken. Ein schüchternes junges Mädchen. „Du wirst den Film nicht kennen. Fünfziger Jahre. Und stell dir vor, ich wäre dreißig Jahre jünger."
Brahms betrachtete ihre Frisur, aber erst die rosafarbenen Lippen und Wangen brachten ihn auf eine Idee.
„Maria Schell?"
„Du hast es gewusst!"
„Nein. Aber ich erinnere mich, du hast eine Sammlung ihrer Filme, nur bei den Titeln kenne ich mich nicht aus."
„Es ist aus *Schinderhannes* mit Curd Jürgens. Ach, was war der für ein toller Mann."
Seine Mutter führte ihn in die Küche. Die neue Haushaltshilfe war Afrikanerin, schrieb sich mit K und Y. Krystine war Anfang zwanzig, kam aus Togo und sprach nur wenig Deutsch. Seine Mutter bemühte sich, sie wie eine Freundin vorzustellen.
Sie gingen wieder hinauf. Krystine folgte, war ganz Personal, deckte auf und verabschiedete sich dann.

„Sie ist durch die Heirat Deutsche geworden. Du kennst ihren Mann. Das ist der Klempner, der immer unsere Reparaturen macht."
„Der Alte ... der ist doch schon Pensionär."
„Er hat da unten Urlaub gemacht und sich trotz seines Alters verliebt."
„Verliebt? Die werden doch richtig vermittelt, das ist moderner Sklavenhandel."
„Sie haben da ja sonst keine Chance."
„Warum arbeitet sie bei euch?"
„Er sagt, sie muss beschäftigt werden. Sie lernt dann ja auch besser Deutsch. Und er will ..."
Die Bibliothekstür schwang auf. Der Vater kam hereinmarschiert, reichte Brahms die Hand.
Die Mutter beendete ihren Satz nicht. Keine Probleme beim Essen. Die Wirklichkeit blieb aus der Villa in Klein Flottbek ausgesperrt, solange man sich der französischen Leberpastete, dem Hummer und dem Kaviar widmete. Tradition. Die Mutter berichtete vom letzten Besuch bei ihrem Bruder Bruno Kimpfert und dessen Hundeschule im Klövensteener Forst. Gern hätte sie Noffi, die Flatcoated Retriever Hündin, zu sich ins Haus geholt. Der Vater schüttelte den Kopf, schwieg aber. Er hatte sich vorgebeugt, so dass die vielen senkrechten Falten einer englischen Dogge in seinem Gesicht Mimik und Stimmung verbargen. Das Thema gefiel ihm nicht. Erst beim Kaffee richtete er sich wieder auf.
„Kein Zucker, keine Milch hinein!", befahl er, als sein Sohn die Tasse heranzog.

Ein Test. Lutz probierte vorsichtig mit dem Löffel.
„Milde Säure, angenehm seidig, großes Geschmacksvolumen und da ist noch etwas, das ist …“ Er schlürfte einen weiteren kleinen Schluck.
Seine Mutter lachte, und auch die Lippen seines Vaters spielten mit einem Grinsen.
„Es ist Java Luwak, nicht wahr?“ Luwak, eine Katzenart, die Kaffeekirschen fraß. Da die Tiere die Bohnen nicht verdauten, konnten sie gesammelt und gewaschen werden. Eine Form der Fermentierung, die den Bohnen ihre Bitterstoffe entzog. Eine der teuersten Kaffee-Spezialitäten.
Seine Mutter lehnte sich zurück. Der Vater richtete sich auf, wie für einen Vortrag. „Mein lieber Lutz, und du sagst, du willst mit Kaffee nichts zu tun haben. Aber du schmeckst eine der seltensten Sorten sofort heraus. Wenn jemand eine Nase für Kaffee hat, dann du.“
„Jeder kann das mit etwas Übung.“
Die Mutter schüttelte den Kopf, richtete sich wieder auf und griff nach seinem Arm. „Nein, Lutz.“
Sein Vater begann, ihm einen Überblick über die augenblickliche schwierige Marktsituation im Kaffeehandel zu geben. Doch ein Vortrag. Er schob die Geschichte ein, wie er eine kleine Menge der Sorte Java Luwak erworben hatte. Nur für sich selbst und als Geschenk für Geschäftsfreunde. Das Stichwort, um die Lage des Familienunternehmens zu schildern. Dunkle Wolken am Horizont, aufziehender Sturm. Seine eigenen erlahmenden Kräfte am Steuer des

Schiffs, gefesselt. Und überall Untiefen, Piraten, Betrüger.

„Ludwig Lutz Brahms, wir brauchen dich an Bord!"

„Nein, Vater, bitte, wir haben das oft genug diskutiert. Die Firma ist zu klein. Sie kann nicht bestehen. Alle Familienunternehmen in dieser Größenordung haben in den letzten Jahrzehnten aufgegeben." Brahms stand auf, ging an die Tür zur Veranda, öffnete sie einen Spalt. Eine Möglichkeit zu fliehen oder einfach nur eine kurze Auszeit. Einmal über den Rasen jagen, einem Blatt hinterher, und dann wieder hereinkommen.

„Lutz, wir haben eine Chance zu bestehen!" Die Stimme hinter ihm befahl zu bleiben. „Dazu brauchen wir dich. Und der kleine Test hat gezeigt, wo dein Platz ist." Der Vater begann, das Leben seines Sohnes zu bilanzieren. Ein Studium nach dem anderen, Jura, Psychologie, Philosophie. Dann die Versuche in verschiedenen Berufen als Kammerjäger, Barkeeper, Rockmusiker, Parkplatzwächter und zum Schluss als Detektiv. „Ein permanenter Abstieg, das musst du selbst zugeben. Dabei sind deine Talente offensichtlich und ..."

„Du weißt, dass ich als privater Ermittler erfolgreich bin. Die Kriminalpolizei hat Interesse an meiner Mitarbeit, als Berater in bestimmten Fällen. Frag deinen Schulfreund Kommissar Petersen."

Der Vater ließ sich in seiner Analyse nicht aufhalten. Auch er hatte damals die Stelle des Vaters übernehmen müssen. Und das war gut so gewesen, es hatte die Kontinuität des Unternehmens gewahrt. Nun aber standen mächtige Konkurrenten vor der Tür. Alle Kräfte der Familie mussten gebündelt werden, jeder müsse jetzt seinen Platz einnehmen.

Die Metaphern eines Schiffes im Sturm nahmen kein Ende. Die Mutter stand auf, räumte die Gläser zusammen und verließ damit den Raum.

Kaum war sie draußen, winkte der Vater ihn heran. Brahms schloss die Tür zum Garten und setzte sich wieder an den Tisch. Der Vater beugte sich vor, und leiser sagte er: „Du musst in die Firma kommen. Ich weiß nicht, wie lange ich noch arbeiten kann. Der Arzt hat mir dringend empfohlen, kürzerzutreten. Das alte Herz wird nicht jünger."

Brahms schüttelte den Kopf. „Du bist krank? Bitte, dann hör auf. Was ist daran so schlecht, das ganze Unternehmen der Konkurrenz anzubieten?"

„Verkaufen willst du? Aufgeben?" Im Kopf seines Vater stieg der Druck, rötete die Haut, die Hundefalten glätteten sich, aber bevor er antworten konnte, fiel draußen im Foyer der Villa ein Glas auf den Boden und zersplitterte.

Brahms lief hinaus. Seine Mutter hockte am Boden und sammelte die Scherben auf.

Er ging in die Knie, half ihr. „War es das wert?" Er hielt den Stiel des handgeschliffenen Kristallglases in die Höhe. Ein Erbstück vom Urgroßvater.

Die Mutter blieb stumm, nickte leicht. Sie blickte ihn an. Ihr Lächeln verursachte einen Strahlenkranz kleiner Falten in ihrem Gesicht.

„Ist er wirklich krank? Sein Herz?", fragte Brahms leise.
„Er ist gesund", flüsterte sie. „Nur der Rücken, du weißt doch."
Die Tür schwang auf, und der Vater marschierte ins Foyer, ging bis zur Tür, kehrte auf dem Absatz um und kam zurück.
„Gut, wenn du immer noch Detektiv sein willst oder wie du sagst ‚privater Ermittler', dann löse den Fall eines Geschäftspartners. Martin Bollhart."
„Was ist das für eine Falle?" Die Worte zischten.
„Seine Frau ist verschwunden." Der Vater stieg die Treppe hinauf, besann sich dann aber, kam wieder herab und durchquerte erneut die Halle. „Damit du mal mit der Wirklichkeit konfrontiert wirst", sagte er und verschwand in der Bibliothek.
Seine Mutter wartete, bis er die Tür schloss. Sie lächelte, und ihr Blick ging durch ihren Sohn hindurch. „Du musst ihn verstehen, er liebt dich."
Brahms nahm ihr vorsichtig die Scherben aus der Hand.

3

„Wenn Ihre Frau entführt worden ist, Herr Bollhart, dann haben Sie hoffentlich die Polizei informiert?“

„Nein.“

Brahms fing den Geruch der Wohnung ein. Unter dem Zigarrenrauch lag etwas wie Leder und Kernseife. Er hatte Staub und Pappe erwartet. Bollhart produzierte Lebensmittelverpackungen, unter anderem auch für Brahms-Kaffee.

„Warum keine Polizei?“

„Früher habe ich das getan. Jetzt nicht mehr.“

„Sie wollen damit sagen, sie ist schon öfter entführt worden?“

Bollhart betrat ein Wohnzimmer mit goldener Stuckdecke und schwarzen Wänden. Auf dem schwarzen Teppich versuchten sich schwarze Möbel, schwarze moderne Chesterfield-Sofas, abzuzeichnen. Das Innere eines Grabmals. Bollhart, ein moderner Pharao. Von hier stammte der Ledergeruch. Der Kaufmann ließ sich in die Polster fallen, sein Körper verlor seine Form, schwamm als Qualle auf dem Sofa.

„Sie lieben Schwarz?“ Brahms setzte sich.

„Nein. Es geht mir darum, die Wirkung des Goldes zu unterstützen.“

Brahms betrachtete die Zimmerdecke. „Blattgold?“

„Was sonst?“

Brahms schwieg. Bollhart floss in seinem Sofa ein Stück herab, legte den geschwollenen Kopf auf der Rückenlehne ab. Die Zigarre ragte als Schornstein empor. Er sog daran und stieß eine Reihe kleiner Rauchzeichen aus, die Brahms nicht entziffern konnte. Die Glut leuchtete jetzt deutlich unter der Asche. Vielleicht stand der Ausbruch eines Vulkans bevor. Die Rauchzeichen lösten sich auf, schwebten langsam herab.

Brahms sog die Luft ein, er hatte das Gefühl, in der Wohnung würde mehr brennen als nur die Zigarre. Er beugte sich vor, um schnell aufspringen zu können, und wartete auf weitere Erklärungen Bollharts zu dessen verschwundener Frau.

Bollhart hüllte sich in Rauch und Schweigen.

Brahms erhob sich und ging die schwarzen Wände entlang, versuchte die Farbe zu riechen, erst am Fenster fing er etwas Lösungsmittel ein. Es kam von einer matten Folie, die auf Rahmen gespannt statt Vorhängen vor den Fenstern hing. Er merkte, dass er auf der Suche nach einer Fluchtmöglichkeit war. Warum führte ihn sein Vater mit diesem Menschen zusammen?

Er schob eine der Folien zur Seite und sah vom ersten Stock hinaus auf eine Seitenstraße, die zur Eppendorfer Landstraße führte. Eine perfekte weiße Reihe stuckverzierter Mietshäuser aus dem Ende des 19. Jahrhunderts. Eigentumswohnungen der oberen Klasse. Der Preis sorgte für die richtigen Nachbarn.

Eine junge Frau mit einem Kinderwagen ging vorbei, eine ältere war auf dem Weg zum Einkaufen. Typische Eppendorferinnen, man erkannte sie immer am Faltenwurf der Stoffe ihrer Kleidung. Bessere Qualität. Brahms schob den Rahmen wieder vor das Fenster.

Bollhart stand auf, legte die Zigarre in einem schwarzen Ascher ab. Er schüttelte seine linke Hand. „Wissen Sie, dass mein rechter Arm drei Zentimeter länger ist?" Er ließ die Arme hängen. „Sieht man es?"

„Nein."

„Würden Sie erlauben, dass ich Ihre Arme messe?"

Brahms lächelte. Der Einbruch einer anderen Realität. „Was ist mit Ihrer Frau?"

„Sie ist weg. Kommen Sie." Er führte ihn in ein großes weißes Badezimmer. „Als ich eines Tages feststellte, dass sich die Glieder meines Körpers verändern, habe ich mir verschiedene Messgeräte zugelegt, zum Teil selbst entworfen." Er zog sein Jackett aus und zeigte Brahms, wie er sich in das Metallgestell zu pressen hatte. Dann nahm er ihm die Jacke ab und brachte sie zur Garderobe. Brahms stellte sich in das Gerät, streckte die Arme aus. Bollhart kam zurück und schob die Messwinkel auf den Leisten an die Fingerspitzen. Er zog die Gesichtswülste zusammen, auf denen einmal Brauen gewachsen sein mussten. Dann nahm er erneut Maß und leckte sich dabei die Lippen.

„Ich dachte es mir schon, auch Ihr rechter Arm ist länger. Fast einen ganzen Zentimeter." Er holte ein Notizbuch von einem Regal und trug die Maße ein. „Wir

werden die Messung demnächst wiederholen müssen."
„Soll ich mir zur Nachuntersuchung schon einen Termin geben lassen?", fragte Brahms.
Bollhart blickte ihn irritiert an, dann lachte er.
„Was ist mit Ihrer Frau?", fragte Brahms.
„Bei ihr sind die Arme gleich lang. Es könnte ein Phänomen unter Männern sein."
„Ich meine, Sie sagten, sie sei entführt worden."
„Ja, diesmal bin ich sicher."
„Und die Male davor?"
„Wissen Sie, ich bin kein einfacher Mensch."
„Wie meinen Sie das?"
„Ehrlich gesagt bin ich ein Arschloch. Ich bin die meiste Zeit unausstehlich, ein Ekel, besonders Frauen gegenüber. Ich will damit sagen, dass ich nicht nur ein Macho bin – das könnten die Frauen wohl noch ertragen –, nein, ich bin darauf aus, jede zu erniedrigen und zu beleidigen. Wenn die Frauen trotzdem bei mir bleiben, liegt es an meinem Geld. Ich bezahle für alles. Auch eine Form der Erniedrigung."
Bollhart verließ das Badezimmer. Brahms hatte Mühe, ihm zu folgen. Der Wunsch zu fliehen wurde immer größer. Er war in eine fremde lebensfeindliche Welt eingetaucht, die kaum Sauerstoff enthielt. Vor ihm ein Fisch in sich wandelnden Formen, den es wahrscheinlich nur in großer Tiefe gab, wo das Tageslicht nie hinreichte. Sie schwammen an der offenen Tür zur Küche vorbei, in der eine junge Frau in einem schwarzen langem Kleid mit weißem Kragen und weißer Schürze

stand. Sie putzte Edelstahltöpfe, hatte rote Flecken im Gesicht und sah kurz auf. Stoffstiefel mit hohen Absätzen, die hochgeschnürten Riemen fast ein Symbol ihrer Fesseln. Eine Gefangene, eine Sklavin, ein Dienstmädchen aus einem anderen Jahrhundert. Die Locken ihrer Frisur wippten im Rhythmus ihres Polierens. Schwarzes Pferdehaar. Bollhart gab ihr einen Befehl in einer fremden Sprache. Sie wendete sich ihm zu, deutete einen Knicks an. Ihre Augen wurden schmal, dann antwortete sie in einwandfreiem Deutsch, dass sie den Kaffee gleich servieren würde.

Auf dem Weg in den hinteren Wohnungsteil erklärte Bollhart, sie sei das Hausmädchen, eine Russin, er spräche in ihrer Sprache mit ihr, damit sie sich nicht herausreden könne, einen Befehl nicht verstanden zu haben. Er sprach so laut, dass sie sicher alles hören konnte. Im Anschluss lachte er leise. „Wissen Sie, was die Frauen am wenigsten an mir stört?“ Bollhart sah Brahms an, zog die Augen zusammen, gab ein Räuspern oder Grunzen von sich, das vielleicht ein Lachen nach innen war. „Meine Missgestalt, meine ungewöhnliche Anatomie. Ich wachse noch. Mit 52 Jahren hab ich wieder zu wachsen begonnen. Jedenfalls meine Glieder.“

„Alle?“

„Wollen Sie meine Füße sehen? Ich bekomme Krallen.“

„Keine Hufe?“

„Was meinen Sie damit?“

„Vielleicht wächst ja auch was zusätzlich. Hörner oder so."
Als Antwort kam von Bollhart eine Mischung aus Schnaufen und Lachen. „Na ja, man könnte glauben, bei meinem Verhältnis zu den Frauen handelt es sich um ein Die-Schöne-und-das-Biest-Phänomen. Der Unterschied ist: Das Biest im Märchen wird geliebt."
Der lange Flur machte eine Biegung. Brahms blieb stehen. „Sind wir hier nicht schon in der Nachbarwohnung?"
„Sicher, mir gehört die gesamte Etage. Über 300 Quadratmeter."
Sie betraten eine Art Büro mit weißen Schreibtischen und zwei Computern. An der Wand das Gemälde einer Frau. Lebensgroß. Sie trug Sportkleidung, weiße Hose, blaues Shirt, Fußballschuhe. Brahms kannte das Bild.
„Das ist Lena als wir heirateten. So etwa sah sie aus."
„Das kann nicht sein", sagte Brahms.
„Doch, sie hat mich tatsächlich geheiratet."
„Das meine ich nicht. Das Bild ..." Brahms schwieg, das Bild konnte sich nicht in dieser Wohnung befinden. Er wusste genau, wo es stand.
„Natürlich habe ich auch aktuelle Fotos."
Bollharts Kopf knickte nach vorn, er schrumpfte ein wenig. „Wissen Sie, mit meinem Wachstum ist es in letzter Zeit so, dass ich glaube, wenn ich mir einen Finger abschneide, er würde nachwachsen. Irgendwann probiere ich es aus."

Brahms trat vor das Gemälde. Es war das Original. Das durfte nicht sein.
„Ich meine, das Mädchen auf dem Bild kann nicht Ihre Frau sein. Ich kenne das Bild. Es zeigt eine Fantasiegestalt des Malers Thoralf Wellmann. Ich glaube es heißt *Die Fußballerin*."
„Sie kennen den Maler?"
„Ja, ein Freund."
„Ich hab das Gemälde auf einer Ausstellung gekauft. Lena sah einfach damals genau so aus." Er öffnete eine Schublade, legte einen Stapel Fotos auf den Schreibtisch, schob ihn auseinander und zog zwei Fotos heraus. „Sehen Sie, so sah sie aus, als wir vor drei Jahren heirateten." Er nahm das Foto hoch und hielt es vor das Gemälde. „Es war billiger, das Bild zu kaufen, als sie malen zu lassen."
Er beugte sich wieder über die Fotos. „Und hier, das ist vor etwa drei Wochen aufgenommen. Sie können es mitnehmen."
„Wie alt ist Ihre Frau?"
„Ja, ich weiß, der Altersunterschied, mein Aussehen. Sie passt nicht zu mir. Sie war ein Geschäft. Ich habe Lena ihrer Familie in Barmbek abgekauft. Sie hat einen Vertrag mit mir."
„Was wollen Sie damit sagen?"
„Sie ist jetzt vierundzwanzig." Bollhart setzte sich auf einen Schreibtischstuhl und legte die Arme auf die Tischplatte. Er lachte laut. Sein Kopf zuckte nach oben und warf im Nacken dicke Falten. „Ihre Familie bot sie

mir vor drei Jahren als Sechzehnjährige an. Die wollten mich bescheißen, dachten, ich suche eine Jungfrau, wollten den Preis hochtreiben."

„Was heißt, ihre Familie hat sie angeboten? Sprechen Sie von Mädchenhandel?"

„Halt, halt, eine simple Ehevermittlung. Ich wollte eine Frau im klassischen Sinne. Also dem Manne Untertan, tägliche Pflichterfüllung in jedem Sinne, da kommt nur eine Ausländerin in Frage, aber sie sollte zusätzlich Deutsch sprechen, wegen der gesellschaftlichen Verpflichtungen, Teilnahme an kulturellen Ereignissen und so weiter. Lena verlässt mich praktisch alle paar Wochen. Aber wenn sie zu ihrer Familie geht, wird sie sofort zurückgeschickt. Dort ist sie nicht, ich hab schon angerufen. Ich zahle der Mutter jeden Monat ein Gehalt. Das ist die ideale Lösung vor dem Finanzamt. Für mich und für Kraskow."

„Kraskow?"

„Der Vater."

„Aus Polen?"

„Aus Rumänien." Bollhart grinste. „Meist kommt Lena von selbst nach ein paar Tagen zurück. Einmal hat eine Privatdetektivin sie in einer Wohngemeinschaft in der Schanze entdeckt. Und einmal hat die Polizei sie gefunden."

„Wo?"

„In einem Künstlerhotel auf St. Georg, in der Langen Reihe."

„Keine Entführung?"

„Nein."
„Wie lange dauerte es, bis sie wiederkam?"
„Vier bis fünf Tage."
„Was ist diesmal anders?"
„Sie ist schon seit fast zwei Wochen weg. Und dann dies hier. Es lag auf dem Fußboden an der Tür." Er schob eine Plastikmappe heran. „Alecha hat es gefunden."
„Alecha?"
„Die Russin. Den Namen hat sie sich ausgedacht. Sie kommt jeden Morgen. Sie hat inzwischen zwei Anrufe bekommen, mit der gleichen Geldforderung."
Brahms öffnete die Mappe.
Es lag ein Zettel darin, scheinbar von einer Zeitschriftenseite abgerissen. „1 000 000 = Frau", war mit blauem Kugelschreiber darauf geschrieben.
„Wissen Sie, wie viele neue Frauen ich dafür kaufen kann?" Bollhart stieß die Luft aus, fast eine Art Wiehern, dann fuhr er leise fort: „Der Mist ist, dass ich Lena wirklich liebe. So sehr, dass ich mir wünsche, sie würde mich töten."
„Und umgekehrt? Liebt Ihre Frau Sie? Was war das für eine Art Heirat? Wurde sie dazu gezwungen?"
Bollhart gab ihm keine Antwort.
Alecha kam den Flur entlang, mit einem beladenen Tablett betrat sie den Raum. „Der Kaffee", sagte sie. „Ich habe etwas Gift hineingemischt."
Bollhart lachte. Er sagte etwas auf Russisch. Sein Kopf wuchs in die Breite.

4

Brahms ging die Eppendorfer Landstraße hinauf. Alecha hatte ihm noch von den Anrufen berichtet. Beim ersten Mal habe ein Mann mit ausländischem Akzent gesagt, Bollhart solle eine Million bereithalten. Auf ihre Frage, wofür das Geld sei, habe er gesagt, Bollhart wisse schon, worum es gehe. Beim zweiten Anruf habe er gesagt, er werde sich demnächst wegen der Abwicklung der Zahlung melden und einen Beweis schicken. Sie solle dies Herrn Bollhart ausrichten.

In was war Brahms da hineingeraten! Die Wirklichkeit, hatte sein Vater gesagt. Er musste zugeben, von dieser Form der Ehevermittlung, von Frauenhandel und Zwangsehen wenig zu wissen. Warum sollte er eine Frau zurückbringen, die offensichtlich aus einer solchen Situation fliehen wollte?

Brahms bog zur U-Bahn ab. Der Bahnhof Kellinghusenstraße, fast hundert Jahre alt, stand sicher auf keiner Sightseeing-Tour. Ein graues Monster aus der Frühzeit der U-Bahn. Selbst wenn die Bahn hier wie auf vielen Hamburger Strecken eine Hochbahn war, nannte sie jeder U-Bahn.

Die Eingangssäulen mit Skulpturen einer stilisierten Kleinfamilie, die sich unter der Last des Bahnhofs krümmte. Vielleicht war Hamburg schon Anfang des zwanzigsten Jahrhunderts eine Stadt der Singles gewesen, überlegte Brahms. Hatte Werbung für die Gründung einer Familie damals so ausgesehen? Seine Mutter hatte ihm beim letzten Gespräch zugesetzt, endlich zu heiraten.

„Warum bist du nicht mehr mit diesem netten Mädchen aus Blankenese zusammen?"

„Caroline? Sie hat einfach zu viele Zähne."

„Was meinst du damit?"

„War ein Witz. Sie ist doch die Tochter eines Zahnarztes."

„Und hast du eine neue Freundin?"

„Nein. Die letzte, die in Frage kam, sitzt im Gefängnis."

„Das musste ja so kommen. Deine Arbeit in der Bar auf St. Pauli und als Rockmusiker, da kommst du ja nur mit solchen zusammen."

„Klar, sind alles Verbrecher."

„Es gibt so viele nette Mädchen in unserem Umfeld. Ich glaube, ich werde mal ein paar Begegnungen arrangieren."

„Wehe! Dann laufe ich vorher durch den Regen und stinke wie ein Hund."

Brahms kaufte sich eine Morgenpost. Die Schlagzeile versprach Angst: Mörder wieder frei! Er stieg in die Hochbahn Richtung Barmbek. Der Waggon roch nach nassem Fell. Ein Mann in brauner Cordhose, kariertem Hemd und dunkelblauer Seemannsjacke war mit ihm eingestiegen, setzte sich ihm gegenüber, fixierte ihn und fauchte: „Warum verfolgen Sie mich?"

Brahms ließ die Zeitung sinken, nahm den Zeigefinger zu Hilfe, zeigte auf sich, dann auf den anderen. „Ich verfolge Sie?“

„Natürlich. Sie sind seit dem Loogestieg hinter mir her.“

„Und warum sollte ich das tun?“

„Das wissen Sie ganz genau.“ Er zeigte auf die Zeitung.

„Ich verfolge Sie nicht.“ Brahms legte die Zeitung zusammen, stand auf, sah sich nach der Notbremse um.

„Ich weiß, dass Sie mich umbringen wollen“, sagte der Mann.

Er holte eine Umhängetasche hinter seinem Rücken hervor, steckte eine Hand hinein. „Ich habe eine Waffe hier drin.“

Vier Stationen noch bis Barmbek. Sierichstraße, Borgweg, Saarlandstraße, Barmbek.

Der andere beachtete ihn nicht mehr, er hatte beide Hände gegen seine Ohren gepresst, als wäre ihm die Bahn zu laut.

Brahms dachte an die Welt seiner Eltern, die Villa in Klein Flottbek. Eine Insel. Ein Fahrer holte seinen Vater morgens ab und brachte ihn abends zurück. Die Firma in einem der alten Häuser in der Speicherstadt. Eine feste Burg mit hochgezogener Brücke. Wenn man wollte, genoss man durch das abgedunkelte Glas einer Limousine oder vom höchsten Turm der Festung einen Blick auf die Verrückten, deren Blicke erreichten einen jedoch nie. Vielleicht würde er sich eines Tages in die

Festung zurückziehen. Irgendwann, wenn die Boulevardzeitungen auch für ihn aus jedem Fremden einen potenziellen Mörder gemacht hatten. Dann war es Zeit für Brahms – Kaffee wie Musik.

Brahms stieg aus. Barmbek, ein Stadtteil, den es mit seinen Klinkerbauten für Stadtrundfahrten noch zu entdecken galt. Aber das Zentrum Barmbeks, der U-, S- und Busbahnhof, grüßte als geschändete Landschaft. Wieder einmal sollte alles umgebaut werden. Zum wievielten Mal? Er erinnerte sich an ein altes Foto vom Bahnhof Barmbek. Ein kleines Schlösschen mit Türmen, Gauben und Fachwerkelementen. Heute ein zu Tode renoviertes Nichts. Nur der Zweck zählte. Barmbek eben.

5

Mietskasernen machten aus Mietern Soldaten. Brahms betrat eines der aus dunkelrotem Backstein, wahrscheinlich in den dreißiger Jahren erbauten Häuser, stieg die Treppe in den zweiten Stock hinauf. An der grünen Tür klebten mehrere Papierstreifen mit Namen. Er ging zurück, drückte den Knopf für die Treppenhausbeleuchtung. Die Lampe eine Milchglaskuppel mit einer Sammlung toter Mücken.
Brahms beugte sich hinab, um die ausländischen Namen zu lesen. Buchstabe für Buchstabe suchte Halt, als hätte ein Kind Schreiben geübt. Nicolai Kraskow.
Bevor er klingeln konnte, wurde die Tür aufgerissen. Brahms, noch gebückt, blickte auf ein paar schwarz glänzende Budapester Schuhe. Seine Augen wanderten nach oben, einen schwarzen Anzug entlang mit feinen grauen Streifen. In Brusthöhe beulte sich das Jackett, als wäre eine Waffe darunter. Über das Gesicht des Mannes fielen dichte blonde Haarsträhnen bis zur Nase. Ein Bobtail im Anzug.
„Was wollen Sie?“ Die Worte rollten über die Zunge. Schlechter Atem aus hart gekochten Eiern.
Der Mann hob die Hände, strich sich die Strähnen aus dem Gesicht. Ein etwa 45-Jähriger kam zum Vor-

schein. Der Ansatz der Haare dunkelte, das Blond war gebleicht.
„Ich komme von Martin Bollhart, wegen Ihrer Tochter." Brahms wollte seinen Namen nicht nennen.
Hinter dem Mann war eine Frau aufgetaucht. Sie trug eine Art Dirndl mit langem grauen Rock und grünem Oberteil und hochgeschnürten Brüsten. Gequältes Fleisch. Ihr blondes Haar war zu einem schweren Zopf gebunden, straffte ihr Gesicht. Graue Gesichtshaut mit weit geöffneten Poren. Mit einem Küchenhandtuch polierte sie einen Teller zwischen ihren Händen.
„Nicolai, ich mach das schon", sagte sie.
Der Mann drehte sich wortlos um und ging zurück in die Wohnung.
„Ich bin Luise Kraskow", sagte sie. Sie entschuldigte sich, dass sie ihm nicht die Hand geben könne, bat ihn zu warten, sie käme gleich und würde ihn führen. Sie verschwand.
Brahms schnupperte in den Flur hinein. Etwas mit brauner Soße in großen Töpfen erreichte seine Nase. Vielleicht Rollbraten mit Kohl und Stampfkartoffeln. Kein Knoblauch, aber ein wenig Muskat. Dann zischelten geflüsterte Anweisungen aus einem hinteren Zimmer. Schließlich kam Luise Kraskow zurück, Fröhlichkeit als Maske. Ein schwarzes Tuch mit Troddeln um die Schultern und über den Ausschnitt gelegt.
„Es ist nicht weit."
Dass Brahms sich nicht vorstellte, schien sie nicht zu irritieren.

Am Osterbekkanal war die Stadt noch ganz und gar Backstein. Die Häuser noch nicht in Styropor verpackt, um den Weltuntergang aufzuhalten, den ewigen Sommer. Die Pole schmolzen vor sich hin. Sie überquerten eine Brücke. War das Wasser im Kanal schon aus geschmolzenem Eis? Luise Kraskow marschierte am Ufer entlang. Brahms versuchte, den Geruch des Wassers aufzufangen. Nicht weit von hier war die Osterbek noch ein Bach. Er hatte Mühe, sich auf der Höhe der Frau zu halten. „Wo geht es hin?" Offensichtlich verwechselte man ihn.

„In die Zinnschmelze. Sie wissen …"

„Kenne ich." Er war ein paarmal in dem kleinen Kulturzentrum auf dem Gelände des Museums der Arbeit am U-Bahnhof gewesen.

„Sie ist auf einer Probe, sie macht ein bisschen Musik."

„Das wusste ich nicht."

„Sie haben doch nichts dagegen? Es ist nicht diese Rockmusik. Sie singt und spielt ein bisschen Gitarre. Lieder aus Rumänien. Wenn sie Ihnen gefällt, können Sie ihr ja morgen Abend zuhören."

„Ihr Mann, das war doch Ihr Mann vorhin? Kommen Sie aus Rumänien?"

„Ja, aber wir sind Deutsche. Es gibt also gar keine Probleme."

„Was für Probleme?

„Wir müssen dann nur noch die Geburtsurkunden von einem Notar übersetzen lassen."

„Ach so", sagte er. „Sie hat eine Geburtsurkunde?"

„Geburtsurkunde, Adoptionspapiere kommen aus Rumänien. Es ist alles perfekt."

Sie erreichten den als Denkmal aufgestellten Bohrkopf, mit dem die letzte Elbtunnelröhre gebaut worden war. Ein Platz öffnete sich, von alten historischen Klinkerbauten der ehemaligen Gummifabrik begrenzt. Wie in der Speicherstadt gab es auch hier einzelne architektonische Elemente, die an Schlösser erinnerten. Ein wenig Fantasie in Backstein.

Die Zinnschmelze stand neben den Fabrikgebäuden. Ein kleines separates Klinkerhäuschen mit einem langen, eckigen Schornstein daneben wie ein Wachturm.

„Schauen Sie erst mal von außen. Ich meine, für einen ersten Eindruck."

Brahms legte die Hände gegen das Glas der in kleine Flächen unterteilten Industriefenster. Ein Raum mit einer Bar, Tische und Stühle wie in einem Kaffeehaus. Zwei Mädchen hantierten an Mikrofonen auf einer kleinen Bühne.

„Die blonde rechts", sagte Luise Kraskow. „Sie spricht perfekt Deutsch."

Das Mädchen hatte das lange Haar hinten zu einem dicken Büschel zusammengebunden. Ihr Gesicht war breiter, flächiger als das der anderen, fing das Licht ein und leuchtete zurück. Er wäre ihr gern näher gewesen, um sie zu riechen. Dann dachte er an Lena.

„Das kann nicht sein. Sie ist viel zu jung."

„Wie alt soll sie denn sein?"

„Martin Bollhart sagte, sie wäre vierundzwanzig."

„Sie sieht eben sehr viel jünger aus. Das gibt es doch. Dafür ist sie sehr leicht lenkbar. Gefällt sie Ihnen sonst?“

„Wie meinen Sie das?“

„Es macht einen Mann attraktiver, wenn die Frau an seiner Seite sehr viel jünger wirkt.“

„Sie haben doch noch eine ältere Tochter?“, fragte Brahms.

„Ja, aber sie lebt in Rumänien und spricht noch nicht sehr viel Deutsch. Dafür bekommen Sie sie günstiger, wenn Ihnen diese nicht gefällt.“

6

Brahms folgte den beiden Mädchen. Am Osterbekkanal blieben sie stehen. Er sah hinab ins Wasser. Hier war ein neuer Anleger gebaut worden, aber die Linienschifffahrt der Alsterschiffe durch die Kanäle gab es nicht mehr. Er erinnerte sich, im Sommer von einer Tour vom Jungfernstieg bis zum Museum der Arbeit gelesen zu haben. Wahrscheinlich eine Sonderfahrt zur Nacht der Museen.

Luise Kraskow hatte sich schnell verabschiedet, die Schuhe auf dem Pflaster gerieben, als wolle sie etwas Hundekot abstreifen, nachdem er ihr gesagt hatte, dass er nur auf der Suche nach Lena sei und nicht die Absicht habe, eine ihrer Töchter zu heiraten. Mehrmals hatte sie behauptet, nicht zu wissen, wo Lena sei. Ihr Gesicht versteinerte dabei, so dass die Worte sich kaum noch formten, nur noch Speichel waren, der nicht ausgespuckt, sondern geschluckt werden musste. Brahms hatte, nur um Luise Kraskow zu täuschen, die Richtung zum U-Bahnhof eingeschlagen, war dann, als er sicher sein konnte, nicht mehr von ihr gesehen zu werden, jedoch wieder zum Gelände des Museums der Arbeit zurückgegangen. Aus der Ferne erschien der Bohrkopf größer, erinnerte an eine unbekannte Unterwelt der Stadt. Eine Drohung.

Was hatte er da entdeckt? Frauenhandel einer besonderen Art. Familien aus wirtschaftlich schwächeren Ländern bildeten ihre Töchter aus, um sie den reichen Hamburgern zu verkaufen. Deutsch sollten sie können, kulturell interessiert, aber total gefügig sein.
Die gesamte Anlage des Museums mit den historischen Baggern wirkte plötzlich wie eine Fabrik auf ihn, in der diese Bohrköpfe noch immer am Fließband von ausländischen Arbeiterinnen hergestellt wurden.
Hamburg war ein sensibles Gebilde, erbaut auf Tunneln, Röhren, unterirdischen Hohlräumen. Eine Unterwelt wie im Film *Der dritte Mann*. Immerhin war man in Hamburg ein wenig stolz auf die von einem Engländer erbaute Kanalisation: An den Landungsbrücken gab es ein Abwassermuseum. Es zeigte, was man aus den unterirdischen Kanälen beim Reinigen herausfischen konnte. Alles, vom Mieder bis zur Zahnprothese.
Am Ufer einer reichen Stadt.
Die beiden Mädchen waren von der Zinnschmelze hinunter zum Kanal gegangen, dort weiter bis zur nächsten Straßenbrücke. Hier verabschiedeten sie sich. Kaum war das eine außer Sichtweite, holte Brahms die Tochter von Luise Kraskow ein.
„Entschuldigung, ich habe vorhin mit Ihrer Mutter gesprochen."
Sie drehte sich um. Sie roch ein wenig wie frisch aufgebrochene Erde. Brahms hatte das Bild einer russischen Landarbeiterin vor Augen, die vom Traktor gestiegen

war, um dem Fremden den Weg zu zeigen. Das breite Gesicht, ihre Lippen hatten den natürlichen Schwung nach oben. Ein immerwährendes Lächeln.
„Ja, Sie waren am Fenster, nicht wahr?“ Ihr Deutsch war mit Fleiß gelernt, aber von einem leichten rollenden R bestimmt. Sie könnte auch aus Bayern stammen.
„Woher kommen Sie?“, fragte Brahms.
„Aus Bulgarien. Oder woher möchten Sie, dass ich komme?“
„Bulgarien?“
„Georgien, Tschetschenien, Aserbaidschan.“ Sie blieb stehen. „Was gefällt Ihnen besser?“ Sie legte den Kopf schräg und betrachtete ihn von oben bis unten. „Wie alt sind Sie?“
Brahms lachte. „Nein, ich suche Lena, Ihre Schwester.“
„Meine Schwester.“ Sie hob die Brauen. „Was wollen Sie von ihr?“
„Haben Sie sie gesehen?“
Sie schüttelte den Kopf. „Und von mir wollen Sie nichts?“ Sie schob die Lippen vor.
„Wie heißen Sie?“
„Karina.“ Sie lehnte sich an das Gitter zum Kanal und bog ihren Oberkörper zurück.
„Ich bin Lutz Brahms.“
„Sind Sie reich?“ Sie nahm ihr Haar nach vorn, öffnete die Spange, mit der es zusammengehalten war.
„Suchen Sie einen reichen Ehemann?“
Sie nickte, schüttelte den Kopf, damit sich das Haar lockerte.

„Tut mir leid, ich bin bloß Privatdetektiv."
„So sehen Sie auch aus. Ihre Nase ist so groß."
„Finden Sie wirklich?"
Sie lachte, streichelte seinen Arm. „Wollen Sie nicht morgen Abend zu meinem Konzert kommen?"
Brahms betrachtete die Stelle, an der sie ihn berührt hatte. Sie wurde immer wärmer. Sie schien das zu wissen, griff nach seiner Hand.
„Sie kommen doch? Ich mag große Nasen."
In diesem Moment bemerkten beide Karinas Vater mit schnellem Schritt herankommen. Die blonden Haare flatterten wie Hundeohren zu beiden Seiten seines Kopfes. Frisur und Anzug passten nicht zusammen.
„Karina, komm sofort her!", rief er.
Sie ließ Brahms los. Ein roter Fleck auf seiner Haut.
Der Vater erreichte die beiden, sein Haar fiel ihm ins Gesicht. „Hauen Sie ab, aber schnell!", fuhr er Brahms an. Er zog das Mädchen mit sich, das sich noch einmal nach Brahms umsah und die Schultern hob. Doch nach ein paar Metern ließ der Vater sie los und kam zu Brahms zurück, der sich noch nicht von der Stelle gerührt hatte. Die Hitze in seiner Hand wurde immer stärker. Er wartete auf eine Brandblase.
„Warum haben Sie so getan als ...", zischte er.
Brahms unterbrach ihn. „Ich bin auf der Suche nach Lena. Mich interessiert nur Lena. Wirklich. Nur Lena. Lena." Eine Beschwörungsformel.
Er versuchte, unter dem Haar die Mimik des Bobtails im gestreiften Anzug zu entdecken. Plötzlich fand er

sich am Boden liegend wieder. Die Mauer am Ufer und das Gitter zum Kanal schlugen Wellen. Brahms hatte die Faust nicht kommen sehen.

7

Die Luft war reines Terpentinöl.
„Ich finde, sie hat Dackelaugen." Brahms stand hinter Thoralf Wellmann und sah ihm beim Malen zu. Ein junges Mädchen im T-Shirt mit einem kleinen braunen Teddy in der Faust.
„Stör mich nicht mit deinen Hundefantasien. Es ist die Tochter eines reichen Hamburgers. Er will das Bild morgen abholen. Und du weißt, wie die Pfeffersäcke sind: Bei verspäteter Lieferung ziehen sie gleich Rabatt ab oder tauchen mit ihren Anwälten auf. Wenn du für einen von denen arbeitest, weißt du nie, ob du wirklich das volle Geld bekommst. Und immer fühle ich mich wie ein Almosenempfänger. Es ist eine Welt wie im Mittelalter."
Brahms schritt durch die beiden Atelierräume, betrachtete die auf Staffeleien stehenden Bilder. Meist junge Mädchen.
„Ich gehöre dazu", sagte Brahms. „Mein Vater ist einer von denen, die du gerade beschimpfst."
„Du bist bloß der Sohn, du brauchst das Erbe ja nicht anzunehmen."
„Mein Vater setzt mir ganz schön zu." Brahms durchsuchte die an der Wand lehnenden Gemälde.
„Was willst du überhaupt?", rief Wellmann. „Ich hab keine Zeit."

„Ich bin einem Betrüger auf der Spur, jemandem, der deine Bilder schamlos kopiert."
Wellmann lachte. „Das lohnt sich nicht."
Brahms hob eine der Leinwände an, um das dahinter stehende Bild zu betrachten.
Wellmann drohte mit dem Pinsel. „Wenn du was kaputt machst, musst du es kaufen. Für dich gibt es unter 10 000 nichts bei mir."
„Dich zu kopieren lohnt also doch."
Brahms hatte das Bild gefunden. Vorsichtig stapelte er die Bilder an der anderen Wand. Dann nahm er das gesuchte und stellte es an den Türrahmen. Es war ein blondes Mädchen in Sportkleidung. Weiße Hose, blaues Shirt, Fußballschuhe.
„Ich wusste, dass du das Bild noch hier im Atelier hast. Das Merkwürdige ist, es hängt zugleich in einer Eppendorfer Wohnung an der Wand."
Wellmann legte den Pinsel weg und verschränkte die Arme. „Ich kann nicht arbeiten, wenn hier jemand rumschnüffelt. Was willst du?"
Brahms betrachtete den Maler. Falsche Gestik, falsche Reaktion.
„Dieses Bild gibt es zweimal. Jemand hat es kopiert und unter deinem Namen an einen Martin Bollhart verkauft. Was ist mit der Errungenschaft des gesetzlich geschützten geistigen Eigentums? Ist das nicht ein Fortschritt im Kapitalismus?"
„Interessiert mich gerade mal nicht. Gibt es das Bild eben zweimal." Er wendete sich um und begann seine

Pinsel zu säubern. „Ich hab jetzt keine Zeit für solche Geschichten. Du solltest sofort verschwinden. Ich muss arbeiten."
Brahms begriff, was Wellmann getan hatte. Er beugte sich hinab, um ihm ins Gesicht zu sehen. „Gehe ich recht in der Annahme, dass du selbst ..."
„Ja, ja, schon gut. Der Kerl, dieser Bollhart, hat mich dermaßen im Preis heruntergehandelt, dass ich hinterher dachte, dafür bekommt er nur eine Kopie. Ich wollte mich rächen, verstehst du? Also habe ich das Bild einfach noch mal gemalt. Dies hier ist das Original." Wellmann sah nicht auf. Er ging mit einigen Pinseln ans Fenster, hielt sie ins Licht, dann brach er die Stiele durch und warf sie auf den Boden. „Es war eine Art Notwehr. Verstehst du? Ich hab mich so über diesen Bollhart geärgert. Ich will überhaupt nicht mehr ausstellen, um nicht Gefahr zu laufen, dass solche Menschen in den Besitz meiner Bilder gelangen. Reichtum berechtigt nur zum Erwerb minderer Kunst. Jeder Galerist handelt nach dieser Devise. Ich verkaufe ab heute nur noch an Freunde."
Er holte tief Luft, drehte sich wieder um und grinste Brahms an. „Außerdem gibt es Lena im Prinzip auch doppelt."
„Lena?"
„Bollhart hat das Bild gekauft, weil das Mädchen seiner Frau Lena total ähnlich sieht."
„Und die gibt es doppelt?"
„Sicher." Der Maler nahm Brahms am Arm und schob ihn zur Tür. „So, das war's. Auf Wiedersehen."

„Du kennst sie?“

„Klar. Ich kannte sie vor Bollhart. Ich habe sie unter den Fußballerinnen vom FC St. Pauli entdeckt. Was meinst du, wie das Bild entstanden ist.“ Wellmann öffnete die Tür und schob Brahms ins Treppenhaus. „Bis später. Ich habe zu arbeiten.“

„Moment! Du willst damit sagen, das Mädchen auf dem Bild ist sie wirklich?“

„Ja. Bollhart hat eine Kopie an der Wand und eine Kopie im Bett.“

Wellmann schloss die Tür.

„He, halt, du kannst mich hier nicht wie einen Hund …“

8

Brahms trat aus dem Haus auf die Schanzenstraße. Die Bäume hatten die Blätter fallen lassen und wie das Muster einer Tapete auf dem Fußweg angeordnet. Rot, gelb, grün und blau. Erst im Herbst, wenn es Blätter regnete, bemerkte Brahms, dass es in Hamburgs Straßen viele Bäume gab. Das blaue war ein Flugblatt. Ein Aufruf zur Gründung eines sozialen und kulturellen Zentrums, gegen die Umstrukturierung des Viertels. Die jungen reicheren Hamburger zogen wegen des ursprünglichen, städtischen Lebens in die Schanze und ins Karoviertel, verdrängten die alten und die ärmeren Bewohner und veränderten dadurch die Struktur, die sie eigentlich angezogen hatte. Solche Entwicklungen konnte man kaum aufhalten. Die Stadt bot den Ärmeren ödere Ausweichquartiere schon im Hinblick darauf, dass sich dort dann urbanes Leben entwickelte, bis diese Viertel erneut von den Reichen entdeckt wurden. Städtische Bevölkerungswanderung als Sanierungsmethode.

Brahms sprang auf die Fahrbahn, machte sich ein Vergnügen daraus, wie ein Stierkämpfer den Hörnern der Autos auszuweichen, erreichte den Schutz der anderen Seite und blieb wie von Sekundenkleber fixiert abrupt stehen. In dem Hauseingang vor ihm stand Lenas und

Karinas Vater. Nicolai Kraskow strich sich die langen blonden Haare aus dem Gesicht, präsentierte ein Grinsen über verschränkten Armen. Brahms rieb sich das Kinn, drehte sich und hob die Nase zu Wellmanns Fenstern hinauf. Hielt der Maler Lena in seiner Wohnung verborgen? Aber im üblichen Duftgemisch aus Terpentin und geleerten Rotweinflaschen hatte sich nichts Fremdes befunden.
Und Thoralf Wellmann war nicht bereit gewesen, das Geheimnis der doppelten Lena preiszugeben. Er hatte durch die bereits geschlossene Tür hindurch Brahms auf den späten Abend in Hannas Bar vertröstet.
Das Gefühl, wie ein Hund behandelt worden zu sein, blieb. Für einen Moment überlegte er, sich mit Kraskow zu prügeln. Aber der Mann war größer und stärker als er.
„Verfolgen Sie mich?“, knurrte Brahms.
Kraskow hob die Schultern. „Möglich.“
Brahms trabte weiter in Richtung S-Bahnhof Sternschanze. Lenas Vater folgte ihm nicht. Er griff nach dem Handy, wollte Thoralf warnen, ihm mitteilen, dass er vielleicht überwacht wurde, aber es war besetzt.
Das Bild des Dackelmädchens hatte ihm gefallen. Obwohl er sich selbst mehr den Retrievern zuordnete. Dackel passten nicht zu ihm. Eher schon russische Traktoristinnen mit breiten Gesichtern. Folgte Kraskow ihm, um herausfinden, ob Brahms doch ein potenzieller Ehemann für seine Tochter wäre?

Ein leichter Sprühregen nässte ihm das Fell. Rund um den Bahnhof wetteiferten die Düfte von fast einem Dutzend Imbissen miteinander. Er kam in Versuchung, in die Falafel Factory zu gehen und sich von Rashad eine kleine Portion Falafel mit Sesamsoße und Walnussmus servieren zu lassen. Es war einer von Kommissar Petersens bevorzugten Imbissen. Wenn man Petersens Spur durch Hamburg folgte, erlebte man eine kulinarische Stadtführung. Von der Currywurst bis zum Hummer. Vielleicht sollte er ihn bei einer Einladung zum Essen über die Kraskows, über Lena und Bollhart befragen. Wenn Lena schon einmal von der Polizei zurückgebracht worden war, musste es Unterlagen geben. Andererseits würde Petersen mit keinen Informationen herausrücken, ohne selbst welche zu bekommen.
Brahms schüttelte die Düfte der Imbisse ab und eilte die Treppe zur S-Bahn hinauf. Seine Mutter wartete sicher bereits. Und am frühen Abend war noch eine Probe mit der Band Noll & Nichtig angesetzt. Sie waren dabei, Material für eine neue CD zusammenzustellen. Brahms, bisher nur Gitarrist, hatte vor, eine eigene Gesangsnummer einzubringen.
In Altona wechselte er in die S-Bahn nach Blankenese. In Klein Flottbek auf dem Bahnhof angekommen, wählte er erneut Wellmanns Nummer und konnte ihn vor Kraskow warnen. Der Maler nahm es gelassen auf. Er sei schwer bewaffnet mit allen giftigen Farbstoffen und Lösungsmitteln dieser Welt. Einen, der ihm Böses

wolle, bitte er nur, einmal die Luft seines Ateliers tief einzuatmen. Der mit diesem Gemisch ungeübte Besucher falle sofort tot um.

Nach kurzem Fußweg erreichte er die Villa in der Kanzleistraße. Er bellte an der Gartenpforte in die Sprechanlage, und das Lachen der Mutter tönte zurück. Er sprang durch den Vorgarten, war für Sekundenbruchteile wieder ein kleiner Junge. Seine Mutter stand in einem engen schwarzen Kostüm in der Tür, hatte ihr Gesicht blass geschminkt mit dünnen Augenbrauen. Ein Schleier fiel von einem schwarzen Hut bis über die Augen herab. Sie hob das Kinn und versperrte ihm den Weg. Sie liebte dieses Spiel.

Er betrachtete ihre Kleidung.

„Marlene Dietrich“, sagte er. „Stimmt's?“

Es war das Losungswort. Er wurde eingelassen. Krystine winkte ihm zu und verschwand mit einem leeren Tablett auf dem Weg in die Küche ins Untergeschoss.

„Und welcher Film?“ Seine Mutter küsste ihn auf die Wange und löste den Hut mit dem Schleier aus ihren blonden Locken.

„Das ist leicht.“

„So?“ Sie führte ihn in den Salon, Kaffee und Kuchen standen bereit.

„*Zeugin der Anklage*“, sagte Brahms. Plötzlich passte die gesamte Einrichtung des Wohnzimmers zu dem Film. Schwere holzgerahmte Polstermöbel mit rotem Velours. Die Kirschholzvitrinen – standen sie nicht auch in der Filmwohnung des Anwalts? Die Fenster zur Veranda, als wäre die Welt da draußen künstlich. Ein Terrarium bloß, gefüllt mit Gärtnern, Hausmädchen, Armen und Ausgebeuteten. Und auf dieser Seite der Sohn des reichen Kaffeehändlers. Das Erbe nicht anzunehmen, das war leicht gesagt. Irgendwann würde er seinem Vater folgen müssen. Und um ein solches Unternehmen zu erhalten, würde er nach und nach alle seine Ideale vergessen, würde sich verbiegen müssen und verbogen werden. Wie Martin Bollhart. Geld macht die Seele krumm. Gewinn entstand immer nur aus der Differenz – zwischen oben und unten, Arm und Reich, Bedürftigen und Besitzenden, Schwachen und Starken. Frauen und Liebe musste man sich dann kaufen.

„Auch in diesem Film hättest du eine Doppelrolle“, sagte Brahms.

„Ach, Lutz, du weißt, dass ich deinen Vater liebe und dich auch. Aber eine Doppelrolle ist das nicht.“

Sie setzten sich. Seine Mutter schenkte ihm Kaffee ein, trank etwas aus ihrer Tasse von dem kleinen Löffel.

„Ist das wieder ein Test?“, fragte Brahms.

„Nein, nein.“ Sie lachte, griff nach seiner Hand. „Ich versuche nur immer selber, die Unterschiede zu schmecken, aber für mich ist alles fast gleich. Für deinen Vater eine Tragödie.“

„Was ist nun mit diesem Bollhart? Kennst du ihn?“

„Ist er nicht schrecklich?“ Sie hielt sich die Hand vor den Mund, als hätte sie etwas Verbotenes gesagt. „Aber für sein Aussehen kann der Mann nichts. Ich glaube, es ist eine Krankheit, bei der man alle Haare verliert."

„Für den Rest kann er schon etwas."

Seine Mutter nickte, schob ein Stück Zitronentarte von der Kuchenplatte auf Brahms' Teller. „Die musst du probieren."

„Wieso habe ich über Vater den Auftrag bekommen, Bollharts Frau zu suchen?"

Sie folgte mit der Fingerkuppe des Zeigefingers den roten Ranken auf ihrem Kuchenteller, als wäre es der Weg durch ein Labyrinth.

„Vielleicht wäre es besser gewesen, dich nicht zu diesem Herrn Bollhart zu schicken."

„Ich muss alles wissen. Bitte!"

„Also gut. Wir, dein Vater und ich, haben uns das ausgedacht."

„Sie ist gar nicht verschwunden?"

„Doch." Seine Mutter berichtete, wie sie Martin Bollharts Frau Lena vor drei Wochen kennengelernt hatten. „Wir hätten gar nicht zu diesem Fest nach Eppendorf fahren sollen. Der Mann ist einfach kein Umgang, auch wenn er die Verpackungen für Brahms-Kaffee noch so günstig liefert. Den ganzen Abend hat er seine Frau gescheucht wie eine Angestellte. Es war nur peinlich."

Sie senkte den Kopf, kniff die Augen zusammen. „Ich mag es gar nicht erzählen."

Brahms lehnte sich zurück. Er fror. Immer war es ein wenig zu kalt in der Villa seiner Eltern.

„Es waren schon fast alle gegangen", fuhr seine Mutter fort. „Bollhart war wohl betrunken. Er wollte Lenas absolute Gehorsamkeit präsentieren, bot an, jeder könne mit ihr machen, was er wolle. Da bin ich sofort aufgestanden und habe sie mitgenommen. Wir sind ein bisschen in Eppendorf spazieren gegangen, und sie hat mir alles von den Bedingungen dieser Heirat erzählt. Er hat für sie bezahlt, und sie hat einen Knebelvertrag, muss alles tun, was er will. Laut Vertrag hätte sie mir das schon nicht erzählen dürfen."

„Ist das nicht schon alles strafbar?"

Die Mutter war zusammengesunken, richtete sich jetzt wieder auf, zog die Falten aus ihrem Kostüm.

„Lass mich raten", sagte Brahms. „Als Lena jetzt verschwand, hat Bollhart euch gefragt, ob sie hier sei?"

Sie nickte. „Hat er es erzählt?"

„Kann es sein, dass sie oben eines der Dachzimmer bewohnt?"

Seine Mutter runzelte die Stirn. „Ich habe sie für einen Tag aufgenommen, aber dann ist sie gegangen. Ich konnte sie nicht festhalten."

„Wohin?"

„Sie wollte es mir nicht sagen."

„Und was für einen Plan habt ihr jetzt?"

„Du sollst sie finden, bevor Bollhart sie findet. Wir wollen ihr helfen. Sie darf unter keinen Umständen in seine Hände fallen."

„Warum?"

„Damit sie nicht mehr weglaufen kann, will er ihr von einem Arzt in Russland ein Bein amputieren lassen." Die Mutter atmete tief, schraubte den Kopf aus dem schwarzen Kostüm, so dass der Hals zur Säule wurde, die den Kopf trug. „Und, mein Gott, der meint das ernst!"

9

Brahms verließ das Haus seiner Eltern. Hinunter zur Elbe. Der alte Sonntagsspaziergang zu Jacobs, damals, als die Welt noch ohne Argwohn war. Nicht jeder Fremde eine Gefahr. Die alten Bilder, Gerüche und Gewohnheiten.

Doch ein paar Meter entfernt buckelte ein beigefarbener VW Käfer halb auf dem Fußweg. Als Brahms vorbeiging, schwang die Tür auf. Der Bobtailkopf von Lenas Vater erhob sich über das Wagendach. Eine Windböe wirbelte sein langes Haar in die Höhe, der Haaransatz wich weit zurück.

„Und? Ist sie da drin?“ Er zeigte auf das Haus von Brahms’ Eltern.

„Wer?“

„Lena.“

„Nein. Sie verfolgen mich also doch!“

„Ich habe einen Tipp bekommen, dass ein gewisser Brahms der beste Spürhund ist und ich ihn nur an die lange Leine nehmen muss, um Lena zu finden. Also, ich sag mal, wenn Sie wollen, kann ich Sie fahren, wohin Sie wollen. Das macht die Leine überflüssig.“ Er hob beide Hände. „Ach, übrigens, es tut mir leid, dass ich Sie geschlagen habe. Ich wusste nicht, wer Sie waren.“ Er streckte die Hand über das Dach aus. „Ich bin Nicolai.“

Brahms blieb auf Distanz. Kraskow lächelte, aber in seinem Blick lauerte die Faust.
„Warum haben Sie das getan?"
„Ich dachte, Sie wären hinter was anderem her." Der Bobtail zeigte Zähne.
„Was denn?"
„Ach nichts, nicht der Rede wert." Er senkte den Kopf, und sein Haar fiel wieder nach vorn, verbarg seine Mimik. „Tut mir wirklich leid, bin einfach manchmal zu schnell."
„Sie haben sehr viele Töchter, nicht wahr?", fragte Brahms.
„Was wollen Sie mir vorwerfen? Es ist alles legal."
„Und wie läuft das Geschäft?"
„Kommen Sie schon. Ich fahre Sie, wohin Sie wollen."
„Danke, aber ich steige nur in Ihren Wagen, wenn Sie Ihr Haar mit einer roten Schleife oben auf dem Kopf zusammenbinden."
Zum Sonntagsspaziergang band man den Bobtails das Haar hoch. Kraskow zeigte keine Mimik, blieb hinter seinem Haar in Deckung.
Brahms ging weiter, versuchte, ein herabsegelndes Ahornblatt mit der Schuhspitze zu treffen. Nicolai Kraskow war mit dem Auto gekommen, er musste die Adresse seiner Eltern und die des Malers von Bollhart bekommen haben. Brahms knurrte. Offensichtlich traute Martin Bollhart ihm nicht.
Sollte er Lena finden, würde er sie, wenn sie es nicht wollte, nicht ihrem Ehemann übergeben. Überhaupt

sollte er den Auftrag beenden. Er wählte Bollharts Nummer, hörte die gereizte Tonfolge der Ziffern und unterbrach den Wählvorgang. Er beschleunigte, um schnell zur Elbe zu kommen. Der Käfer folgte ihm im Schritttempo, musste dann zurückbleiben, die Kanzleistraße war schmal, er musste hinter parkenden Autos warten und den Gegenverkehr durchlassen. Schließlich sperrte noch ein Lastwagen den Verkehr in beide Richtungen. Brahms bog ab, trabte durch die kleinen Straßen mit den alten Backsteinhäusern, das Dorfgefühl seiner Kindheit war wieder da.

Kurz vor der Nienstedtener Kirche kam ihm ein Fußgänger auf der anderen Seite entgegen und fluchte laut. Ein junger Mann mit wippenden schwarzen Locken, wie eine zurückgeschobene Mütze auf der hohen Stirn. Seine Glieder zuckten, er hielt einen Arm fest, aber der Kopf ruckte zur Seite, schoss ein weiteres Schimpfwort ab. Der junge Mann begann mit ausholenden Armen zu marschieren, er führte Krieg gegen sich selbst. Es nützte nichts, der Kopf ruckte zur Seite und es folgte eine ganze Salve an Flüchen. Doch dann schien er sein rebellisches Gehirn im Griff zu haben.

In einem der Gärten beschnittene Weiden mit ihren Wucherungen, als lauerten auf den Ästen sich jagende Fabeltiere. Auch bei manchen Häusern hatte sich Nienstedten noch ein wenig Dorf bewahrt.

Hinter ihm wieder das Motorengeräusch des Käfers. Kraskow hupte und winkte, fuhr an ihm vorbei. Brahms wollte den Bus nehmen. Die schwankende

Fahrt auf einem der erhöhten Plätze über den Reifen des Busses entlang des Elbhangs war eine seiner Lieblingsstrecken. Und er würde gerade rechtzeitig zur Bandprobe kommen.

Als der Käfer außer Sichtweite war, betrachtete er die Kirche, die alles zugleich sein wollte: ein Bauernhaus, aus dem unvermittelt ein Kupferturm wuchs, ein Klinkerspeicher und ein Schloss. Hamburger Weltanschauung. Das blaue Fachwerk protzte durch die goldenen Blätter der Linden. Hier hatte Gott sein Auskommen und wenig zu tun. Hungernde Kinder, Frauen als Importartikel, brutale Männer, die Kraskows überließ man anderen Stadtteilen.

Er überquerte die Straße beim Restaurant Jacobs. Hier hatte der Sonntagsspaziergang bei Kaffee und Kuchen immer sein Ende genommen. Er erinnerte sich an das berühmte Gemälde Liebermanns von der Terrasse des Restaurants. Es hing in der Hamburger Kunsthalle.

Bei der Busstation stand Peter Falk als Columbo. Eine Erdaufschüttung schob sich hier wie eine Aussichtsplattform zur Elbe. Brahms ging an den vorderen Rand. Ein Spaziergänger mit einer Sherlock-Holmes-Mütze stieg die Jacobstreppe hinab zum Elbuferweg. Miss Marple folgte ihm. Von unten winkte Hercule Poirot. Das waren noch Zeiten gemütlicher Verbrechen.

Die Sonne stand schon tief über den Airbuswerken, verwandelte das Elbwasser in flüssiges Metall.

Brahms setzte sich auf eine der Bänke, griff wieder zu

seinem Handy. Die Detektive im Kino würden einen solchen Auftrag bis zum Schluss durchführen und erst, wenn die Frau gefunden war, entscheiden, ob sie sie dem Monster auslieferten oder zur eigenen Geliebten machten. Ein großer Containerfrachter schlich im Gegenlicht wie eine schwimmende Festung vorbei. Dies war die Wirklichkeit und nicht Kino. Er würde jetzt Bollhart kündigen.

In diesem Moment klingelte sein Telefon. Bollharts Nummer.

„Hier ist Alecha." Sie war außer Atem.

„Was ist?"

„Sie müssen kommen sofort." Sie schien zu weinen.

„Alecha, was ist los?"

„Es ist alles voller Blut."

„Alecha?"

Sie hatte schon aufgelegt.

10

Er winkte einer Taxe, musste ihr nachlaufen. Ein Fahrer wie eine Dogge.
„Schnellster Weg nach Eppendorf."
„Mit dem Flugzeug."
„Und wo soll das landen?"
Während das Taxi langsam Fahrt aufnahm, versuchte er, Alecha zu erreichen. Aber bei Bollhart nahm niemand ab. In seiner Fantasie war Lena zurückgekehrt, und Bollhart hatte versucht, ihr mit dem Küchenmesser ein Bein abzuschneiden.
Das Taxi fuhr die Elbchaussee entlang, aber Brahms hatte diesmal keinen Sinn für den Blick von der Höhe auf die Flusslandschaft. Der Tachometer des alten Mercedes zeigte exakt 50 Stundenkilometer. Sie wurden von den meisten anderen Wagen überholt.
Der Fahrer trug eine Strickjacke mit Lederflicken auf den Ärmeln. Wahrscheinlich hatte er auch Filzpantoffeln an den Füßen.
„Können Sie versuchen, etwas schneller zu fahren?"
Der Mann brummte, er könne schon, aber die Ersparnis auf so einer Strecke betrage vielleicht zwei Minuten, dafür würde die Anspannung seinen Blutdruck erhöhen, so dass er am Ende zwei Jahre vor der Zeit ins Grab fallen würde.

„Wie wäre es wenigstens mit sechzig", schlug Brahms vor.
„Mit sechzig ins Grab, da hätte ich ja nur noch zwei Jahre."
„Ich meine die Geschwindigkeit."
„Ich auch."
Brahms schwieg. Er würde zu spät zur Probe mit der Band kommen. Er wählte Nils Nolls Nummer.
„Nils, ich schaffe es nicht ..."
„Dann bin ich also ab jetzt Lead-Gitarrist."
„Nein, ich komme nur etwas später."
„Wie deine Töne."
„Es ist ein Notfall."
„Stimmt, so hört sich dein Gitarrenspiel immer an."
„Gib mir dreißig Minuten."
„Vielleicht hat dein Vater Recht, und der Kaffeehandel ist doch besser für dich. Brahms-Kaffee, ist ja schon wie Musik."
Am Altonaer Rathaus bog der Fahrer in die Max-Brauer-Allee ein. Er begann mit Brahms zu diskutieren, ob es besser wäre, auf den Ring 2 abzubiegen oder der Straße weiter zu folgen bis zur Rothenbaumchaussee. Brahms entschied sich für den Ring 2 über Eimsbüttel. Er hoffte, auf dieser Querverbindung durch die Stadt gäbe es so etwas wie eine Grüne Welle.
Die Hoffnung war nicht grün.
Er wählte erneut Bollharts Nummer. Das Freizeichen veränderte klagend seine Tonhöhe. Ein Hilferuf, kein Anschluss.

Endlich erreichten sie die schmale Seitenstraße der Eppendorfer Landstraße. Brahms bezahlte den Fahrer und stieg aus. Er ging auf Bollharts Haus zu, als ihn von der anderen Straßenseite jemand rief. Alecha löste sich in der Dämmerung aus einem Hauseingang. Sie trug das schwarze Kleid mit dem weißen Kragen und dem langen schwarzen Rock. Die weiße gestärkte Schürze leuchtete. Sie war immer noch das Dienstmädchen aus einem anderen Jahrhundert, als wäre er nicht mit der Taxe, sondern mit der Zeitmaschine gekommen.

„Ich wollte da nicht allein wieder reingehen", sagte sie. Sie kräuselte die Stirn, ihr Blick kam unter ihren dichten Augenbrauen hervor. Sie roch nicht wie jemand, der Angst hat.

„Was ist denn passiert?"

„Ich kam vom Einkaufen zurück, und da lag er im Bad."

„Martin Bollhart?"

„Ja. Er war tot. Das Blut lief unter ihm heraus."

„Warum haben Sie nicht die Polizei gerufen?"

„Ich wollte es ja. Ich ging in den Büroraum, und mir fiel die Nummer der Polizei nicht ein."

„Ganz einfach: 110."

„Ich wusste die Nummer in dem Moment nicht, ich war wie blockiert. Und weil Ihre Visitenkarte auf dem Schreibtisch lag, habe ich Ihre Nummer gewählt. Und dann hörte ich hinter mir Geräusche. Schritte auf dem Flur. Es war noch jemand in der Wohnung. Ich glaube, es waren zwei. Ganz bestimmt. Ich ging vorsichtig zurück, und da war niemand mehr im Bad. Er war weg. Nur das Blut war noch da." Sie schluckte, sah ihn kurz an und senkte die Augen. „Da bin ich auf die Straße gelaufen und habe auf Sie gewartet."

„Warum haben Sie nicht längst die Polizei gerufen, Sie hätten jemanden darum bitten können?"

Alecha kaute auf ihrer Unterlippe. „Ich dachte doch, es ist alles vielleicht gar nicht wahr. Meine Fantasie hat mir nur einen Streich gespielt. Ich sehe doch immer so Sachen, die es gar nicht gibt."

„Zum Beispiel?"

„Elefanten."

„Elefanten?"

„Ja, abends im Park in der Dunkelheit."

Brahms legte einen Arm um ihre Schulter. „Kommen Sie, wir gehen hoch."

„Haben Sie eine Pistole?"

„Nein."

Sie zögerte, die Haustür aufzuschließen. „Aber wenn da noch jemand ist ...?"

„Wer mit einer Waffe einem Bewaffneten gegenübersteht, muss sie auch als Erster benutzen, sonst macht sie keinen Sinn. Hingegen gibt es keinen Grund für einen Bewaffneten, auf einen Unbewaffneten zu schießen."

Alecha antwortete nicht, runzelte aber die Stirn. „Denken Mörder auch so?" Es war nur ein Murmeln.

„Ja, sicher. Nur durch Filme, Romane und vor allem durch die Medien wird der Eindruck vermittelt, die

Welt wäre voller Verbrecher, die nichts anderes im Sinn haben, als uns umzubringen ..."

„Aber hier ist wirklich ein Mord passiert!" Sie schloss die Haustür auf und gab ihm den Schlüsselbund. „Gehen Sie vor, wenn Sie ein Held sein wollen. Der goldene Schlüssel ist für die Wohnung."

„Keine Sorge, ich bin ein Angsthase. Nur die Anwesenheit einer schönen Frau macht mich zum Helden."

„Danke."

„Bleiben Sie hier stehen, und halten Sie mir die Tür als Fluchtweg auf. Sollten Sie Schüsse hören, nehme ich alles zurück. Und Sie rufen die Nummer 112! Denn dann brauche ich wahrscheinlich einen Notarzt."

Brahms hob den goldenen Sicherheitsschlüssel hoch. „Immerhin ein goldener Schlüssel, damit löst man im Märchen alle Probleme." Er stieg die Treppe hinauf und öffnete die Wohnung. Die Kristallleuchter im Flur brannten, zwei der geschliffenen Tropfen stießen vom Luftzug aneinander. Der erste Ton für ein folgendes Musikstück? Was komponierten die Filmmusiker für solche Situationen?

Er lauschte, alles blieb still.

„Hallo!", rief er in die Wohnung hinein. „Ist da jemand?"

Mörder antworteten auf solche Fragen nie.

Alecha folgte nun doch, Stufe für Stufe, stützte sich mit einer Hand an der Treppenhauswand ab. Er winkte ihr, mit ihm in die Wohnung zu gehen, aber sie schüttelte stumm den Kopf. Brahms betrat den Flur. Der Geruch

der Wohnung hatte sich verändert. Brahms hob die Nase. Kein Blutgeruch, sondern ein Gemisch aus Essig und Thymian. Wohnungswinterduft. Ein kräftiger Eintopf vielleicht?
Er ging am offenen Wohnzimmer vorbei. Kein Licht. Die schwarzen Polstermöbel in der Dämmerung eine Herde sich duckender Tiere. In Angst erstarrt.
Das Bad war erleuchtet, die Tür offen. Zu viel weiß. Er legte die Hand über die Augen. Auf den Kacheln eine große schwarze Lache wie ein Loch im Fußboden. Dunkle Flüssigkeit war die Fugen entlanggeeilt und auf der Flucht erstarrt. Ein Schritt hinein, und er würde aus der Wirklichkeit in die Tiefe stürzen. Brahms' Augen gewöhnten sich an die Helligkeit. Aus dem Schwarz wurde Rot. Eine Lache. Blut. Der Geruch gering. Kaltes Blut. Schleifspuren und kleine Tropfen an einer Seite. Was war hier geschehen? Die Spuren erklärten nichts.
„Kommen Sie schon", rief Brahms. Alecha kam auf Zehenspitzen.
„Es bleibt uns nichts anderes übrig, wir müssen die Wohnung durchsuchen."
Sie hielt ein Gitter aus Fingern vor ihr Gesicht. „Ich kann nicht."
„Aber er könnte irgendwo verletzt liegen."
Sie gingen in jedes Zimmer, öffneten Schränke, sahen unter Betten, hinter Sofas. Es war niemand da.
Brahms wählte die Nummer von Kommissar Petersen.

11

Brahms öffnete den Topf. Das Anschlagen des Deckels gab einen schwingenden Ton von sich. Brahms dachte daran, dass er Nils Noll anrufen musste. Er würde die Probe verpassen. Er versuchte mehrmals, den Ton erneut zu erzeugen, es gelang nicht.
Im Topf war Linsensuppe. Noch warm. Die Ursache für den Essig- und Thymiangeruch in der Wohnung.
„So etwas hat er gegessen?“
Kein Wunder, dass er tot ist, wollte er hinzusetzen, verkniff es sich aber.
„Wissen Sie, dass Sie gerade wie ein Hund aussahen?“, sagte Alecha. Sie hockte sich in eine Ecke der Küche, zog einen kleinen Spiegel aus einer Schultertasche und begann sich zu schminken.
„Kommissar Petersen ist alt“, sagte Brahms.
Sie sah auf, und Brahms konnte an ihren Augen ablesen, wie lange es dauerte, bis sie den Zusammenhang begriff. Dann lächelte sie wie eine Comicfigur.
„Ich schminke mich nur, weil ich mich mit irgendetwas beschäftigen muss, das mich ablenkt.“
Sie ließ ihre Sachen zurück in die Tasche fallen und stand auf. „Ich möchte eigentlich raus aus der Wohnung. Ich warte unten vor dem Haus.“
Brahms folgte ihr. In der Dunkelheit leuchtete die Schür-

ze Alechas. Sie grub in der Tasche, holte ein silbernes Etui hervor, öffnete es. Krumme selbstgedrehte Zigaretten.
„Sie rauchen?"
„Nur, wenn er es nicht sieht."
„Bollhart hat es Ihnen verboten?"
„Nein, er hat mir befohlen, heimlich zu rauchen." Sie steckte das Etui wieder ein.
„Er hat Ihnen ... Wirklich? Verkehrte Welt. Tragen Sie seinetwegen auch diese Kleidung?"
„Ja, es ist Vorschrift. Er bestimmt alles, bis ins Detail."
„Auch die Unterwäsche? Alles wie von früher?"
Sie grinste. „Die Stoffe, die Strümpfe, Unterwäsche, alles."
„Alles?"
„Na ja, Sie wissen schon. Dienstmädchen eben. Wann ich vor ihm weglaufen muss, und wann ich mich von ihm fangen lassen muss. Alles. Dafür gibt es dann noch eine Prämie."
„Sie glauben wirklich, dass er tot ist? Es sah nicht so aus, als hätte jemand in dem Blut gelegen."
Alecha nickte, sah zu Boden, knetete den Rand ihrer Schürze. „Er lag neben dem Blut oder so. Was weiß ich."
„Wieso waren Sie noch hier?"
„Er hatte gesagt, ich solle länger bleiben. Manchmal will er, dass ich hier übernachte. Aber sonst wohne ich bei meinen Eltern."
Sie begann wieder, auf der Unterlippe zu kauen, und einen Augenblick schien es Brahms, als wollte sie zu weinen beginnen.

„Rauchen Sie ruhig“, sagte er.
Sie schüttelte den Kopf, blickte zu Boden. Brahms hatte den Eindruck, sie vom Geschehen ablenken zu müssen.
„Sie sprechen so perfekt Deutsch, dass ich annehme, Sie sind in Deutschland geboren.“
„Meine Familie kommt aus Russland. Wir sind deutschstämmig. Aber ich bin hier die meiste Zeit zur Schule gegangen, habe hier studiert.“
„Studiert?“
„Medizin. Ich wollte Ärztin werden.“
„Warum werden Sie es nicht?“
„Ich habe mit dem Studium aufgehört, weil mein Vater krank wurde, nicht mehr arbeiten konnte. Wir hatten ein Haus im Stadtteil Niendorf gekauft, das musste abbezahlt werden. Und da kam mir der Job bei Bollhart gerade recht. Er zahlt sehr viel, so viel, wie ich woanders nicht verdienen würde … dafür, dass ich bei ihm das Dienstmädchen spiele.“
Sie holte das silberne Etui mit den Zigaretten wieder hervor, klappte es auf und zu. „Vorhin haben Sie gesagt, meine Anwesenheit würde Sie zum Helden machen.“
„Sie wissen doch, wie das ist. Für schöne Frauen bringen sich Männer um. Notfalls ganz langsam mit Alkohol.“
Seine Antwort brachte ein Lächeln mit zusammengepressten Lippen in ihr Gesicht zurück.
„Wissen Sie, ich möchte nicht den Eindruck erwecken, dass ich Herrn Bollhart hasse.“ Sie sprach, als würde sie den Satz diktieren.

„Was dann?“
„Ich mag ihn, weil er …“
„… weil er ein Ungeheuer ist, ein Sklaventreiber, Ausbeuter von Frauen“, ergänzte Brahms schnell.
„… weil er zu bedauern ist.“
„Die Schöne und das Biest?“
„Manchmal.“
Ein schwarzer Wagen duckte sich an der Einfahrt der Straße, schlich dann langsam zwischen den beiden Reihen geparkter Wagen heran. Er hielt. Die Tür öffnete sich einen Spalt, das Innenlicht ging an und Kommissar Petersens Kopf leuchtete hinter der Scheibe wie der Vollmond. Er telefonierte noch. Weitere Wagen fuhren in die Straße, bis sie schließlich mit Autos vollgestellt war.
Petersen stieg aus, schüttelte die Hose seines graublau gestreiften Anzugs aus dem vorigen Jahrhundert. „Sagen Sie mal, Brahms, dieses kleine Café mit dem leckeren Blechkuchen hier um die Ecke in der Hegestraße, gibt es das noch?“
„Das Petit Café.“
„Genau, so heißt es! Der Streuselkuchen, wenn der ganz frisch ist, ist es der beste der Welt.“ Er schluckte trocken. „Mann, was würde ich jetzt darum geben, ein Stück von diesem Streuselkuchen … Na ja, was haben wir hier?“ Er steckte sich das Krawattenende in den Hosenbund und versuchte vergeblich, sein Jackett über dem Bauch zu schließen.
„Das ist Alecha, das Hausmädchen.“

Sie deutete einen Knicks an. „Ich gehe da nicht mehr hoch."
„Aber nicht weglaufen."
Am Ende der Straße tauchte ein weißer Transporter auf, und ein Polizeiwagen mit Blaulicht sperrte die Zufahrt ab. Zwei weitere Polizeibeamte in Zivil stiegen mit Pilotenkoffern aus dem Transporter ; sie begrüßten Petersen. Brahms führte sie nach oben in die Wohnung, zeigte ihnen das Bad.
„Komplette Spurensicherung", sagte Petersen. „Und vor allem will ich wissen, was das für Blut ist." Er tippte Brahms auf die Schulter. „Und was liegt hier in der Luft?"
„Linsensuppe." Brahms führte ihn für einen Blick in den Topf in die Küche. Petersen berührte zwei Schubladen, öffnete dann die rechte. Es war die mit dem Besteck. Er nahm einen Löffel und tauchte ihn in die Suppe und probierte. „Wunderbar. Wer hat die gemacht?"
„Alecha."
„Giftig?"
„Nein."
Sie gingen nach vorn, kamen am schwarzgoldenen Wohnzimmer vorbei. Petersen stoppte, schwenkte seinen Bauch durch die Tür. Brahms schaltete die Lampen an, die nur die blattgoldene Decke beleuchteten. „Brahms, was machen Sie eigentlich hier?"
„Ein Auftrag."
„Sie stolpern doch immer über Leichen, aber hier ist keine. Immerhin lässt Ihre Anwesenheit hoffen."

Brahms ging zum Fenster.
„Hiergeblieben! Welche Beziehung haben Sie zu diesem Bollhart?“, fragte Petersen. „Oder ist es das Mädchen? Haben Sie was mit dem Dienstmädchen? Nun gestehen Sie schon! Es ist das Mädchen, nicht wahr? Gefällt mir auch.“
Alecha stand am Rand des Fußwegs umringt von mehreren Reportern, die sie fotografierten und filmten. Einen von ihnen erkannte Brahms. Er war vom Hamburger Abendblatt.
Petersen trat hinter ihn. „Verdammt, wer hat die Presse informiert?“
Er drehte sich um und rief: „Ich will das Hausmädchen sofort hier oben haben! Wir brauchen ihr Suppenrezept!“
„Wahrscheinlich russischen Ursprungs. Aber ich hab ein ähnliches für Linsensuppe.“
„Gut, Brahms, gehen Sie nach Hause und schreiben Sie es mir auf. Ich komme in einer halben Stunde und hole es mir ab. Sie wohnen doch noch im Eppendorfer Weg? Ich schätze, es sind keine dreihundert Meter bis zu Ihnen, oder?“
„Man schafft es auch mit Übergewicht zu Fuß.“
Er war schon im Treppenhaus, als Petersen hinterherkam. „Sagen Sie, Brahms, gibt es hier irgendwo noch eine Kleinigkeit zu essen?“
„Sicher. Im Umkreis von zehn Minuten Fußweg haben wir etwa fünfzehn Restaurants. Italienisch vor allem, aber auch griechisch, französisch, deutsch.“

„Deutsch, genau. Dieses Restaurant im Souterrain im Lehmweg. Das mit den Bratkartoffeln, gibt es das noch? War der Koch nicht früher Schiffskoch?"

„Sie meinen die Eppendorfer Grillkate. Ich war lange nicht mehr da. Wenn ich mich recht erinnere, hatte sie nur bis 21 Uhr geöffnet."

Der Kommissar sah auf die Uhr.

„Notfalls fahren wir zu Erikas Eck in die Schanze. Sie wissen ja, da gibt es fast rund um die Uhr Riesenportionen von Bratkartoffeln", sagte Brahms.

„Vielleicht. Nachtarbeiter brauchen ja gewöhnlich etwas mehr." Petersen hob mit beiden Händen seinen Hosenbund.

„Zur Not ist ja auch noch Suppe da."

12

„Damit wollen Sie mich abspeisen?“ Der Kommissar ging vor Brahms’ Kühlschrank in die Knie, öffnete ihn. „Was ist das? Ein abgelaufener Erdbeerjoghurt!“ Er reichte ihn Brahms. „Sie müssen doch was Essbares im Haus haben.“

Er holte einen Camembert hervor. „Der ist auch schon auf der Flucht.“

„Hat Ihnen Alecha alles über Lena Bollhart erzählt?“

Petersen nickte. „Sie verschwindet immer mal, verlässt ihn sozusagen. Er hat Probleme mit ihr.“ Er griff sich ein geöffnetes Glas mit Wiener Würstchen und steckte die Nase hinein. „Wo ist die Hündin, die Sie sonst haben?“

„Noffi?“

„Genau, Nofretete würde diese Würstchen auch nicht mehr fressen. Die haben Neurodermitis. Brahms, Sie brauchen eine Frau.“

Der Kommissar kam mit einem Erdbeerquark hoch. „Was ist mit der Frau von Martin Bollhart?“ Er betrachtete die Verpackung, dann reichte er sie Brahms. „Der geht gerade noch, aber ich werde meinen Hunger nicht mit einem künstlichen Erdbeeraroma beleidigen.“

„Im Wohnzimmer hätte ich eine Schale mit Obst. Äpfel, Bananen, Clementinen?“

Petersen marschierte ins Wohnzimmer. Auf der Polsterlandschaft stand die Glasschale. Er stemmte die Arme in die Hüfte. „Brahms, was ist das eigentlich für ein riesiger Hundekorb? Dieses Polsterlandschaftsmodell ist doch ..."
„... aus Schaumstoff. Eine Designlegende aus den Sechziger Jahren. Aber es ist das Original! Kann man heute noch kaufen."
„Hier sieht es aus wie in einer Studentenbude, mit dem ganzen Musikkram, den Gitarren."
„Ich muss üben. Ich habe gerade eine Probe unserer Band verpasst."
Petersen ging ans Fenster, sah hinaus. „Sagen Sie mal, hier in der Nähe ist doch der Imbiss, aus dem diese Fernsehsendung mit Olli Dittrich kommt?"
„Ja, ist nicht weit."
„Oder vielleicht doch eine Kleinigkeit bei Schweinske an der Ecke? Als ich vorbeiging, stand eine Tafel mit dem Grünkohlangebot vor der Tür."
Brahms hob die Schultern.
„Kommen Sie schon. Ich lade Sie ein, dafür erzählen Sie mir was über diese Bollharts. Das Hausmädchen sagt, es wäre kein Wunder, wenn seine Frau abhaut."
„Sie hat einmal bei meinen Eltern Schutz gesucht."
„Wollte er sie umbringen?"
„Er liebt sie."
„Guter Grund, jemanden umzubringen."
Brahms erklärte Lenas Herkunft und Nicolai Kraskows Tätigkeit.

Sie verließen das Haus, gingen den Eppendorfer Weg zurück bis zu Schweinske. Sie blieben vor der Tafel stehen. Grünkohl mit Kochwurst, Schweinebacke und Kasseler.

„Ich glaube, so etwas gibt es nur in Norddeutschland“, sagte Brahms. Petersen rieb sich das Gesicht, betrachtete seinen Bauch. „Es bringt mich auf Dauer um.“

Er schwankte, fast ein Bauchtanz. „Brahms, wir können mit dem Blut im Bad nicht viel anfangen.“

„Gestern hat Bollhart behauptet, er wolle sich mal einen Finger abschneiden, weil er sicher sei, der würde nachwachsen. Vielleicht hat er sich was abgeschnitten.“

„Da fällt mir ein: Sushi, wie wär's mit Sushi? Ist besser für meine Figur. Ich war hier mal im Restaurant Maral.“

„Am U-Bahnhof Eppendorfer Baum.“

„Trauen Sie ihm Selbstverstümmelung zu?“ Petersen schritt schneller aus. Kopf und Füße zurück, Bauch voran. Ein Motor, an dem der Rest des Körpers hing und gezogen wurde. „Was halten Sie von dieser Alecha? Wussten Sie, dass es nicht ihr richtiger Name ist?“

„Ich glaube, sie hat sich für diese erniedrigende Tätigkeit einfach eine zweite Identität zugelegt. Sie wollte eigentlich Ärztin werden. Bei Bollhart verdient sie mehr.“

„Hätte sie einen Grund, ihn umzubringen?“

„Wenn ich Bollhart richtig verstanden habe, dann hat er Vergnügen daran, sich Feinde zu machen. Vor allem unter Frauen.“

„Brahms, ich will nicht Ihren Verstand, ich will Ihren Hundeinstinkt."

„Mir fehlen noch Informationen. Was haben Sie über Bollhart? Da muss es doch eine Akte geben. Seine Frau wurde doch schon einmal polizeilich gesucht und gefunden."

„Brahms, ich will den Hund in Ihnen! Das andere kann ich selbst."

„Ich soll Pfötchen geben?"

Sie überquerten den Eppendorfer Baum und betraten das Restaurant Maral. Nur ganz hinten am Ausgang zum Isebekkanal war noch ein Tisch frei. Petersen tauchte in der Speisekarte unter, kam schnell wieder hoch und sagte: „Sie haben Recht. Kein Sushi. Ich nehme Wiener Schnitzel. Hier wird es anscheinend noch klassisch mit Gurkensalat und warmem Kartoffelsalat gereicht." Er schluckte trocken, winkte der Bedienung mit beiden Armen.

Der Kellner kam lächelnd. „Ich sehe schon, es muss schnell gehen."

„Beschreiben Sie dem Koch meinen Bauchansatz, grüßen Sie ihn von mir, vielleicht grüßt er mit einer Kleinigkeit zurück." Der Kommissar rieb sich die Hände.

Brahms wollte nichts essen, ließ sich dann von Petersen aber überreden, wenigstens einen Kaiserschmarren zu nehmen. Petersen hatte ihn selbst schon hier gegessen und garantierte für besondere Qualität. Dann lehnte er sich zurück, faltete die Hände über dem Bauch.

„Und nun erklären Sie mal. Was ist hier los?"

„Ich kann es nicht."
„Sie müssen doch aus all den Gerüchen und Ahnungen so etwas wie ein Bild zusammensetzen können. Es muss ja noch nicht perfekt sein."
Brahms schüttelte den Kopf. „Ich fühle mich die ganze Zeit wie in einer anderen Welt. Dieser Sklavenhalter Bollhart. Das russische Dienstmädchen, das eigentlich Ärztin ist! Das Wohnzimmer, haben Sie das gesehen? Es stimmt alles nicht. Alles ist nicht das, was es vorgibt zu sein. Das übliche Problem mit der Realität. Alles ist falsch."
„Sie haben Recht. Der Mann hat keinen Geschmack. Selbst die Linsensuppe in der Küche war nur eine Art fader Gemüseeintopf. Da fehlte noch was."

13

St.-Pauli-Nacht. Brahms stieg mit der Menge die Treppen der U-Bahn-Station hinauf. Blieb im Fluss der Masse, ließ sich treiben, wurde Fisch. So könnte er sein Leben verbringen. Mit dem Strom schwimmen bis zur Mündung, bis er aufging im großen Meer des Vergessens. Vorher aber noch einmal die Reeperbahn entlang. Nachts um halb eins. Das leuchtende Band des Vergnügens. Mit jedem Schritt reduzierten sich die Menschen um Brahms herum auf das, was sie wirklich waren. Traurige Gestalten, die zum Lachen gebracht werden mussten. Aus Männern wurden Bollharts, aus Frauen Töchter Kraskows.

Brahms blieb stehen, schüttelte sich die Depression aus dem Fell.

Wenn Bollhart tot war, war sein Auftrag beendet. Für das neue Verbrechen wäre die Polizei zuständig. Wenn es Entführer seiner Frau und Erpresser gab, so hatten sie keinen Ansprechpartner mehr. Bis sich potenzielle Erben meldeten … Wenn er Bollhart richtig verstanden hatte, würde Lena nicht viel erben, wenn doch, wie sollte man von ihr Geld bekommen, wenn sie zugleich Gefangene war? Vielleicht wurden auch die Kraskows erpresst?

Wenn die Entführer vorsichtig genug gewesen waren und sich Lena Bollhart nicht gezeigt hatten, konnten

sie die Frau einfach laufen lassen. Wenn nicht, würden sie Lena als lästige Zeugin umbringen müssen.
Auftrag oder nicht – er konnte Lena nicht ihrem Schicksal überlassen. Wie viele Stunden hatte er noch, bis die Meldung von Bollharts Tod oder Verschwinden in den Zeitungen stand? Für die Morgenausgaben war es zu spät gewesen. Also würden es die Erpresser erst übermorgen erfahren. Schade, dass Alecha für die schnelle Verbreitung der Nachricht gesorgt hatte. Ein Sonnenbad im Licht der Blitze und Kameraleuchten. Sicher hatte sie auch über die Entführung geplaudert.
Brahms trat aus dem Strom der Menge, wurde Einzelner, beschleunigte am Rand des Fußweges. Am Hamburger Berg bog er ab. Die Nacht wurde in jeder Bar gefeiert. Auch bei Hanna. Durchs Fenster sah er eine Gruppe junger Mädchen tanzen. Am Tresen entdeckte er die typische Gestalt des Malers auf einem Hocker. Abstand rechts und links, immer sorgsam darauf bedacht, dass ihm keiner zu nahe kam. Nur auf seinen Leinwänden war er den Menschen wirklich nah.
Brahms umarmte Hanna. Sie flüsterte ihm ins Ohr, ob er ihr einen Augenblick hinterm Tresen helfen könnte.
„Wer ist es?“, fragte er.
„Der ganz rechts am Tresen, ich glaube, er ist der Chef einer Werbeagentur. Er hat gesagt, er käme nur meinetwegen. Ist er nicht süß?“
Brahms ging in die Küche, legte seine Jacke ab und kam zurück.

Hanna versuchte, die Tänzerinnen einzuladen, damit sie blieben, aber sie schüttelten lachend die Köpfe und zogen in die nächste Bar. Bar-Hopping, sagten sie.

„Du hast Dienst?", fragte Thoralf Wellmann.

Brahms schüttelte den Kopf. „Ich helfe nur in einer diskreten Situation aus."

Thoralf und Brahms sahen zu dem Werber hinüber. Ein Mann im dunklen Anzug mit rotem Hemd und kurz geschorenem Haar. Eine große goldene Uhr rutschte ihm vom Gelenk bis weit über die Hand. Eine Demonstration. Brahms zählte die Knöpfe am Ärmel.

„Maßgeschneidert", sagte er.

„Aber zwei Schlitze hinten im Jackett. Der Entenarsch", kommentierte der Maler. „Diese Jacketts sind eigentlich nur zum Reiten entworfen worden."

„Und sieh dir seine Uhr an", sagte Brahms. „Eine Bahnhofsuhr am Handgelenk."

„Ein falsches Detail, und alles ist dahin."

„Er hat es eilig. Arme Hanna, das wird kein Vergnügen. Wir sollten sie warnen."

Hanna zog sich neben dem Werber auf den Barhocker.

„Sie hört nicht auf uns. Sie hält uns für eifersüchtig", knurrte Thoralf Wellmann. „Weißt du doch."

„Bist du es?"

„Arme Künstler haben bei ihr sowieso keine Chance."

„Was ist mit Lena, der Fußballerin? Hattest du ein Verhältnis mit ihr?"

„Nur weil ich jemanden male? Dir ist nicht klar, was

beim Malen geschieht: Das Modell verliert seine Realität, wird zu einem Bildermenschen."
„Ich muss herausfinden, wo sie ist."
Der Maler schüttelte den Kopf. „Doch nicht, um sie diesem Bollhart zurückzubringen?"
„Möglicherweise ist Bollhart tot."
„Möglicherweise?"
Brahms schilderte die Szene in Bollharts Wohnung. „Es erschien mir auf eine sehr eigene Weise inszeniert. Vielleicht haben die Frauen ihn umgebracht, aber der Mord ist dann an ganz anderer Stelle geschehen."
„Die Frauen?"
„Lena und Alecha, das ist die Haushaltshilfe. Ihr Verhalten war nicht normal. Sie wollte, dass viel Zeit vergeht, bevor die Polizei kommt."
„Lena ist zu so einer Tat nicht fähig."
„Wenn sie entführt wurde und Bollhart tot ist, schwebt sie in Lebensgefahr."
Neue Gäste betraten die Bar, verlangten Caipirinha. Brahms bereitete eine etwas aufwendigere Variante zu. Er wusch die Limetten heiß, um Terpene und Pestizide weitgehend zu entfernen. Er benutzte weißen Zucker, weil dieser sich im Gegensatz zum Rohrzucker vollständig auflöste. Thoralf ging vor die Tür und sprach in sein Mobiltelefon.
„Und, wo ist Lena nun?", fragte Brahms, als der Maler zurückkam. Wellmann hob die Schultern. „Ich habe versucht, sie anzurufen. Es meldete sich eine Frau, ich glaube eine Freundin von Lena."

„Du hast eine Handynummer von ihr? Dann könnten wir sie orten lassen. Warum hat Bollhart mir nicht gesagt, dass sie ein Handy bei sich hat?"
„Ich bin sicher, er kennt diese Nummer gar nicht."
„Woher weißt du davon?"
„Ich kenne ihr zweites Leben."
„Und da war eine Freundin von ihr dran? Bollhart hat mir nichts davon gesagt, dass sie Freundinnen hat."
„Davon weiß der auch nichts. Brahms, manchmal fürchte ich, du bist als Detektiv nicht sonderlich geeignet. Ich präsentiere dir eine Frau als Fußballerin, denn so habe ich sie kennengelernt. Sie trainierte probeweise bei den Frauen des FC St. Pauli, sie hatte nämlich schon in Rumänien Fußball gespielt. Und du begreifst nicht, was das für eine Frau ist?"
„Du willst damit sagen, sie ist ... sie ist eine Lesbe? Sind denn alle Fußballerinnen ..."
„Natürlich nicht, aber viele."
„Aber Lena ist mit Bollhart verheiratet."
Wellmann stieß die Luft aus. „In was für einer Welt lebst du eigentlich, Brahms? Diese Ehe ist arrangiert worden."
„Wurde sie gezwungen, Bollhart zu heiraten?"
„Ich glaube, sie war froh, heiraten zu können und nicht in der Prostitution zu landen. Nach Drogen und Waffen ist der Export von Frauen aus armen Ländern das große Geschäft."
Sie schwiegen beide, hörten Hannas Lachen zu. Der Werbemensch versuchte bereits Besitz zu ergreifen, leg-

te seinen Arm um Hannas Schulter, griff ihr in den Nacken.
„Paarungslachen", sagte Wellmann.
„Wir fordern ihn zum Duell."
„Noch ein Blutbad? Besser wir verschwinden."
„Ich kann nicht, ich bin hier angekettet. Hanna bat mich, sie für eine Weile zu vertreten."
„Umso besser." Thoralf Wellmann stand auf, ging zu Hanna, flüsterte ihr etwas ins Ohr. Hanna sah zu Brahms, dann kam sie zu ihm hinter den Tresen. „Geh schon."
„Was hast du ihr gesagt?", fragte Brahms, als er mit Wellmann das Lokal verließ.
„Die Wahrheit, dass es um Leben oder Tod geht." Er beschleunigte Richtung Reeperbahn. „Wir nehmen ein Taxi."
„Wohin?"
„Nach St. Georg. Ich habe einen Verdacht."
„Ruf noch mal die Nummer an."
„Sie hat schnell aufgelegt." Wellmann zog das Handy aus der Tasche, drückte auf Wahlwiederholung und gab es Brahms.
„Ja", sagte eine Frau.
„Ich muss dringend Lena sprechen."
„Das kostet was." Sie sprach, als drücke sie sich die Nase zu.
„Wie viel?"
„Brahms?" Sie legte auf.
„Du weißt, wer das ist?", fragte Wellmann.

14

Das Taxi roch nach Fichtennadel. Der Geruch kam von einem kleinen stilisierten Baum, der am Rückspiegel baumelte. Hinzu kam der Duft von Leberwurst. Ein Brötchen in einer geöffneten Tüte zwischen den vorderen Sitzen. Diese Mischung wurde ergänzt durch einen Hauch von Schweißfüßen und kaltem Zigarettenrauch. „Lange Reihe", gab Wellmann dem Fahrer als Fahrziel an.

„Ich habe eine Vermutung, wer das am Telefon war."

„Und ich hab eine Vermutung, wo sie ist. Im Hintergrund waren so Geräusche", sagte Wellmann. „Hast du die auch gehört?"

„Ja, wie in einer Kneipe."

„Die Musik ist es. Typisch. Lenas Lieblingsbar."

Der Fahrer rülpste.

„Currywurst", sagte Brahms.

„Vom Lukullus", sagte der Fahrer. „Spitze."

Brahms öffnete das Fenster einen Spalt. Sie fuhren die Reeperbahn hinauf und bogen am Millerntor in den Holstenwall ein. In der Kurve rutschten die auf dem Armaturenbrett liegenden Arzneimittel und Zigarettenpackungen in eine Ecke.

„In welche Kneipe willst du?" Brahms atmete flach.

„Ins M & V."

„Aber das ist eine schwule Kneipe."
„Lena gefiel es da. Wenn Bollhart verreist war, traf sie sich dort mit ihren Freundinnen."
Die beiden Fahrspuren der Straße verengten sich durch rotweiße Hütchenketten. Polizeikontrolle. Das Taxi wurde durchgewinkt. Brahms sah, dass einer der angehaltenen Fahrer in ein Alkoholtestgerät blies.
„Es geht auf Weihnachten zu", sagte der Fahrer. „Da kontrollieren sie hier oft."
„Na, Weihnachten ist noch lange hin", sagte Wellmann. „Aber die Weihnachtsfeiern der Betriebe, die gehen jetzt schon los."
Das Taxi nahm die Lombardsbrücke über die Alster. Die Lichter des Jungfernstiegs schlängelten sich über das Wasser der Binnenalster. Die Fontäne in der Mitte war noch nicht im Winterquartier oder gegen einen Tannenbaum ausgetauscht. Sie blies gelben Nebel in den dunkelblauen Himmel, als würde es nie wieder Tag werden.
„Im Grunde", sagte Brahms, „ist bei diesem nächtlichen Blick auf die Binnenalster immer Weihnachten."
Über den Rückspiegel fing er sich einen Blick des Fahrers ein, der seinen Geisteszustand abschätzte.
„Nee, mehr wie Ostern. Auf jeden Fall Feiertag und irgendwas mit Familie", widersprach Wellmann. „Die Kleinen dürfen lange aufbleiben und so."
Erneut der Blick des Fahrers, diesmal auf Wellmann gerichtet.
„Wir sind Künstler", erklärte Brahms in den Rückspiegel.

„Wir?“, fragte Wellmann.
„Ich bin immerhin Musiker.“
„Popmusik.“
„Ist wie Pop-Art.“
„Eben genau nicht.“
„Und deine Auftragsarbeiten?“
„Ich kann unterscheiden. Wahre Kunst ist unverkäuflich.“
Brahms dachte an seinen Vater, an dessen Auftrag, Bollharts Frau zu suchen. Sein Vater wollte, dass er scheiterte. Oder war er sicher, dass er in diesem Fall scheitern musste? Wusste er etwas von Lenas Herkunft, von Kraskows Mädchenhandel? Dann hatte er Informationen zurückgehalten. Schwer vorstellbar. Sein Vater war immer offen und direkt, ehrlich bis an die Schmerzgrenze. Immer breitete er alle Waffen vor sich aus, die er benutzen wollte. Das Prinzip seines Erfolgs war Offenheit. Brahms bewunderte diese Haltung in einer Zeit des globalen Kapitalismus, in der die Konkurrenten weder Moral noch ethische Kriterien besaßen.
Brahms wusste nicht, wie er sich verhalten würde, wenn er in die Geschäftsführung eintrat. Vielleicht war seinem Vater doch jedes Mittel recht, um ihn in der Firma an seine Seite zu bringen. Brahms nahm sich vor, ihn am nächsten Tag im Büro in der Speicherstadt aufzusuchen.
Das Taxi hielt an der Ampel am Glockengießerwall beim Hauptbahnhof. Neben ihnen stoppte ein VW

Käfer. Der Fahrer schob sich mit beiden Händen das Haar aus dem Gesicht und grinste zu ihnen herüber.
„Du kennst ihn, nicht wahr?“, fragte Brahms.
„Lenas Vater. Folgt er uns?“
Brahms nickte. „Ich fürchte ja.“
Die Ampel schaltete auf Grün. Das Taxi bog ab, Nicolai Kraskow fuhr geradeaus. „Aus irgendeinem Grund kennt er alle Orte, zu denen ich fahre.“
„Vielleicht hast du einen Sender an dir?“
„Wir sind nicht im Kino.“
„Halt“, sagte Wellmann. Sie waren schon am M & V vorbei. Der Fahrer hielt erst am Carl-von-Ossietzky-Platz, um den nachfolgenden Fahrzeugen Gelegenheit zu geben, ihn zu überholen. Brahms bat um eine Quittung, Wellmann stieg schon aus. Brahms beugte sich vor, entdeckte den mit Zeitschriften, Getränkedosen, einem roten T-Shirt und Joggingschuhen bedeckten Fußboden. Auf dem Beifahrersitz stapelten sich Bücher, Disketten und ein Minifernseher. Mit der Quittung bekam Brahms noch einmal eine vollständige Duftladung Fichtennadelschweißfußleberwurstbrötchenkalterzigarettenrauch und Currywurst. Das Taxi war die Wohnung des Fahrers.
Auf der Straße grinsten Wellmann und Brahms sich an, dann brachen sie in Lachen aus.
„Ob der auch in seinem Wagen schläft?“, fragte Brahms.
„Ein Künstler.“
Sie gingen zurück Richtung Hauptbahnhof. Die Tür

des M & V stand offen. In der Bar drängten sich die Gäste entlang des niedrigen Tresens. Einige mit nacktem, rasiertem Oberkörper, sie musterten die Neuankömmlinge. Brahms wusste, dass die Homosexuellen einander an der Länge des Augenkontaktes erkannten. Wellmann drückte bei seinem Handy auf Wahlwiederholung. Sie hatten Mühe, sich durch den langen schmalen Raum bis nach hinten zu drängen. Am letzten Tisch antwortete ein Handy. Drei Frauen saßen hier und lachten. Alecha in der Mitte zog das Handy aus einer Tasche. Sie blickte auf, verschluckte den Rest des Lachens und zog die Lippen nach innen.

„Das Handy“, sagte Brahms, „wieso haben Sie Lenas Handy?“

15

Eine Hand wie eine Zange an Brahms' Schulter.
„Brahms, alter Köter, gehörst du jetzt auch zu uns?"
Brahms blickte in die weit auseinanderstehenden Augen eines blonden Bullterriers, zuckte zurück in Erwartung eines Boxhiebs. „Daniel Goly?"
Der St.-Pauli-Schläger verzog das Gesicht zu einem breiten Grinsen. Ein Zerrspiegel. Bei Brahms' letztem Fall war er Helfer eines Kiezkönigs gewesen. Die rosafarbene Zunge zeigte sich kurz zwischen den Zähnen. Eine Lederweste über der nackten Brust. Ein rotes Band hielt den linken Bizeps im Zaum. Ein Geruch nach Gummi und Körperöl.
„Du bist schwul?", fragte Brahms.
„Klar." Golys Hand verstärkte den Klammergriff, als wollte sie ihm zum Beweis gewachsener Muskelkraft das Schlüsselbein brechen.
„Aber du hast doch in diesem Sexshop gearbeitet."
„Ein Grund mehr, nichts mit Frauen anzufangen. Und falls du mal wieder eine kleine Prügelei willst oder was anderes mit ein bisschen Blut, ich steh drauf."
Daniel-Rufe vom Ausgang. Goly gab Brahms' Schulter frei. Er schlängelte sich durch die Menge zu der in schwarzes Leder gekleideten Gruppe. Er hob die Hand, winkte Brahms. Es war mehr Drohung als Abschied.

Brahms rutschte zu den drei Mädchen und zu Wellmann auf die Bank. „Das ist es, was ich meine“, sagte er. „Nie sind die Menschen das, was man von ihnen glaubt.“

„Der war doch ein Superhetero“, stimmte Wellmann zu.

„Wahrscheinlich nur Tarnung. Und nicht mal ich habe es damals gerochen.“

„Dafür ist hier schon alles geklärt.“ Thoralf wies auf Alecha, die zusammengesunken zwischen den beiden Mädchen saß. Ihr Blick kam nur knapp unter ihren Augenbrauen hervor.

„Lena hat ihr das Handy geschenkt, weil sie es angeblich nicht mehr brauchte. Ursprünglich gehörte es aber Britt, das ist die hier.“

Britt trug den Haarschnitt eines jungen Mannes mit ausrasiertem Scheitel. Jackett mit rosa Hemd und roter Krawatte. „Und ich hatte es von Karla“, sagte sie. Die Stimme ein tiefer Schacht.

„Das bin ich“, fügte die Dritte mit geschlossenen Zähnen hinzu. Sie blickte nicht auf. Ihr Kinn berührte fast die Tischplatte. Sie hatte einen langen blonden Zopf, der wie ihre Arme unter den Tisch reichte. „Und dich geht das eigentlich gar nichts an.“

„Danke für die Aufklärung“, teilte Brahms der feindlichen Luft mit. „Britt hatte also eine Beziehung mit Karla, dann mit Lena und Lena eine mit Alecha.“

Karla reckte sich in die Höhe. Die Königin der Löwinnen. „Du hast überhaupt keine Ahnung, du

Arsch, du hast nur Vorurteile, weil du es nicht ertragen kannst, wenn sich eine Frau nicht für Männer interessiert."
Sie holte die Hände in der Form geballter Fäuste unter dem Tisch hervor, legte sie zum baldigen Gebrauch auf dem Tisch ab. Über die Knöchel zogen sich halbe schwarze Lederhandschuhe mit Stachelnieten auf dem Handrücken. Dann stützte sie das Gesicht auf ihre Fäuste und fixierte Brahms aus schmalen Augen.
Wellmann hob beide Hände. „Keine Sorge. Brahms ist kein Mann, sondern eine Art Hund, der tut nichts, der will nur spielen."
„Bringen wir unsere Wirklichkeiten in Einklang", sagte Brahms. „Ich habe kein Interesse daran, Lena gegen ihren Willen zu ihrem Mann zurückzubringen. Im Augenblick sieht es ja sogar so aus, als wäre Bollhart tot."
„Bleibt nur die Frage: Wo ist Lena?", sagte Wellmann.
Die Frauen sahen einander an, hoben die Schultern.
„Alecha, wann hat sie Ihnen das Handy gegeben?"
Karla nickte Alecha zu, so als erlaube sie ihr, zu antworten.
„Na, vor etwa zwei Wochen. Als sie ging."
„Was heißt das?"
„Sie gab mir das Handy und sagte, ich solle es behalten. Und seitdem ist sie weg."
„Kann ich das Handy mal haben?" Er streckte die Hand aus, gab ihnen einen Hundeblick.
„Das reicht." Karla erhob sich von der Bank, stützte die Fäuste auf den Tisch. „Du gibst es ihm nicht! So

weit kommt es noch, dass der Kerl unsere SMS und alle Telefonnummern liest."

„Schon gut." Brahms erklärte den Frauen, warum sich Lena eventuell in Lebensgefahr befand. Keine hörte ihm zu. Sie tauschten Blicke, die zu einem Gespräch unter ihnen gehörten, das sie wahrscheinlich per Gedankenübertragung führten. Brahms ahnte das Geheimnis ihrer Beziehung.

Wellmann zog an seinem Jackenärmel.

„Nicht jetzt." Brahms schüttelte ihn ab, sah die drei Frauen an. Was die drei verband, war Furcht. Aber vielleicht mussten sie im Alltag oft nur ihre sexuelle Orientierung verbergen.

„Brahms!" Wellmann zeigte zur Eingangstür.

Brahms drehte sich um, irrte mit dem Blick durch sich überstürzt anbahnende sexuelle Kontakte bis zu Nicolai Kraskow. Er lehnte am Eingang und beobachtete sie durch den Vorhang seiner Haare. Brahms kehrte zurück zu den Gesichtern der Frauen. Nichts mehr. Nur die Stellung von Alechas Augenbrauen verriet, sie kannte Kraskow.

16

Brahms stieg die schmale Treppe in den Keller der M & V-Bar hinab. Das Toilettenverlies. Er schloss sich in der Kabine ein und zog die Jacke aus. Mit Daumen und Zeigefinger fuhr er die Nähte entlang, dann entdeckte er den Knopf zwischen dem Stoff. Er fand die geöffnete und wieder verklebte Naht, zog den Metallknopf samt einem zitternden Drahtschwanz heraus. Ein Sender, groß wie der Knopf eines Wintermantels, blank wie eine Münze ohne Herkunftsland.

Es gab vier Menschen, die ein Interesse daran hatten, immer zu wissen, wo er war. Erstens seine Mutter. Zweitens sein Vater.

Drittens Bollhart. Viertens Kraskow.

Es klopfte gegen die Kabinentür. Brahms steckte den Sender in die Tasche und zog die Jacke wieder an, dann öffnete er.

Goly stand grinsend vor ihm. „Hast du mir ein Zeichen gegeben, bevor du hier runtergingst?"

„Nein, ganz bestimmt nicht."

„Ich habe mich nie richtig bei dir entschuldigt."

„Ist schon okay."

Goly pumpte seinen Körper auf. Kein Vorbeikommen.

„Du solltest meine Entschuldigung annehmen."

Er drängte ihn gegen die Wand, hielt seine Arme fest

und presste die Lippen auf Brahms' geschlossenen Mund. Golys Zunge schwamm über sein Gesicht. Ein großer Fisch versuchte, einen Weg in Brahms' Mund zu finden. Brahms drehte sich, um zwischen Golys Beine zu kommen. Dann hob er mit einem Ruck sein Knie, stieß es Goly in den Unterleib, traf nicht genau den angepeilten Punkt. Trotzdem schwankte Goly zurück, knickte in der Mitte des Köpers ein und sank mit einem Eselslaut in die Knie. Ein Revolver fiel ihm aus der Jacke, rutschte über die Kacheln auf Brahms zu. Bot sich ihm an.
Brahms widerstand.
„Gut", kam es von Goly gepresst, „du bist gut, du gefällst mir. Ich mag es, wenn jemand am Anfang nicht gehorsam ist. Ich kann mir dann Strafen ausdenken."
Er atmete tief, lehnte sich mit dem Kopf gegen die Kachelwand. Brahms sah keinen Weg, um an Goly vorbeizukommen, selbst ein Sprung über ihn hinweg würde nicht gelingen. Der Raum war zu eng.
Goly langte nach dem Revolver. „Keine Angst, der ist nicht geladen. Den habe ich nur als kleines Sexspielzeug." Er lachte. „Das verschärft die Sache."
Er kam langsam hoch, lehnte sich an die Wand. „Du solltest es probieren. Wir beide wären ein hübsches Paar. Muss ja nicht für immer sein. Verlange ich ja gar nicht."
Die Tür der Herrentoilette öffnete sich. Goly steckte schnell die Waffe in seine Jacke.
Nicolai Kraskow stand in der Tür, schob sich das Haar aus dem Gesicht. „Da haben sich wohl zwei gefun-

den“, sagte er. Der Bobtail legte den Kopf schräg und betrachtete interessiert den Pitbull.
Brahms drängte sich an beiden vorbei und sprang die Stufen hinauf.
Wellmann erwartete ihn oben an der Treppe. „Ich fragte mich gerade, ob ich eingreifen muss.“
Die Mädchen waren verschwunden.
„Wo sind sie hin?“
„Du gingst nach unten, sie sprangen auf, stolperten fast übereinander. Überhastete Flucht nennt man das. Was haben die verbrochen?“

17

Das Klingeln setzte aus. Dem Telefon stockte der Atem. Dann begann es wieder. Ein Klageruf. Eine Nummer wurde auf dem Display nicht angezeigt. Aber der Ton gab Brahms eine Vision von dem Anrufer.

Er blieb stehen, drückte auf sein Handy. Thoralf Wellmann ging die Lange Reihe ein Stück weiter und betrachtete das erleuchtete Schaufenster der Buchhandlung Wohlers.

„Bollhart“, sagte eine Stimme.

„Wer?“

„Bollhart.“

„Ja?“

„Brahms, Sie Idiot, ich bin es, Bollhart.“ Die Übertragung hatte kleine Aussetzer, sie nahmen der Stimme ihre Charakteristik. „Ich will Ihnen nur sagen, dass Sie Ihre Uhr abstellen können. Und zwar sofort.“

„Sind Sie wirklich Martin Bollhart?“

„Selbstverständlich bin ich es.“

„Aber Sie …“

„Ihr Auftrag ist beendet mit sofortiger Wirkung.“

„Wo sind Sie?“

„Das ist doch egal.“

„Können Sie frei sprechen?“

„Brahms, Sie verdammter Idiot. Es gibt ab sofort kein Geld mehr von mir. Haben Sie das verstanden, Ihr Auftrag ist beendet!"
„Herr Bollhart, werden Sie irgendwie erpresst?"
„Ich bin tot und bleibe es noch eine Weile. Einen Toten kann man nicht mehr erpressen. Ist das nicht eine geniale Lösung? Das hätte mir eigentlich selbst einfallen müssen. Verstehen Sie, im Prinzip brauche ich kein Geld mehr zu zahlen. Ich bin tot. Eine Million gespart. Theoretisch, praktisch natürlich nicht. Auf jeden Fall brauche ich Sie nicht mehr. Verstehen Sie endlich? Lena wird freikommen. Eigentlich genial die Idee, tot zu sein, sagen Sie selbst. Und Sie sind entlassen. Ab sofort."
„Das geht so nicht. Herr Bollhart, die Entführer werden … Hallo?" Bollhart hatte aufgelegt.
Brahms ging zu Wellmann. „Das war, glaube ich, Bollhart."
„Der Tote lebt?"
„Scheint so."
„Was wollte er?"
„Auftrag beendet. Damit die Entführer niemanden mehr haben, von dem sie ein Lösegeld fordern können, will er offiziell tot bleiben."
„Guck mal, was für ein Zufall." Wellmann zeigte auf ein Buch in der Auslage der Buchhandlung. Es hatte den Titel „Ein Leben ohne mich". Ein Roman von Nina Kramer.
„Vielleicht ist das das Drehbuch zu deinem Fall?"

„Ja, das Ganze ist wie aus einem Drehbuch. Es ist nicht Wirklichkeit. Sieh dich um, uns wurde gekündigt, gleich verschwindet hier alles. Bulldozer kommen, reißen die Häuser ab, nehmen den Straßenbelag mit. Am Ende stehen wir in einer Wüste."

„Aber die ist dann Wirklichkeit."

„So lange, bis uns auch die Wüste gekündigt wird. Dann wird der Sand weggebracht, bis die Stahlplatten darunter hervorkommen."

„Stahlplatten?"

„Von dem Raumschiff, das uns durch das Weltall schaukelt."

„Aber das ist dann Wirklichkeit."

„Bis uns das Raumschiff abschüttelt und wir allein durchs Weltall segeln."

18

Sie gingen ein Stück die nächtliche Lange Reihe hinunter, erwarteten das Ausknipsen der Lichter, hatten das Gefühl, auf schwankenden Fußwegplatten zu gehen. Dann versuchte Brahms, das Gespräch mit Bollhart Wort für Wort zu wiederholen. Im Grunde war es eine typische Bollhart-Idee, sich selbst für tot zu erklären, um den Erpressern kein Geld zahlen zu müssen. Trotzdem hatte es einen Unterton in dem Gespräch gegeben, der ihn irritierte. Er blieb stehen, lehnte sich an eine Hauswand und fragte sich, welche Empfindung er während des Gesprächs gehabt hatte.

Thoralf Wellmann rüttelte ihn an der Schulter: „He, alter Köter, wie wäre es, wenn wir die Straße rauf und runter gehen und in jeder Bar, in jeder Kneipe ein Bier trinken?“, fragte er. „Nur um uns gegenseitig dieser Wirklichkeit zu versichern und daran festzuhalten.“

„Wir wären schon nach der Hälfte der Strecke betrunken.“

„Gut, ich liefere eine rationale Begründung nach: Wir könnten überall Lenas Foto zeigen. Vielleicht hat sie jemand gesehen.“

„Wenn zwei betrunkene Männer in einer Kneipe das Foto einer Frau zeigen mit der Begründung, sie zu suchen, was glaubst du, was die Leute denken?“

„Okay, wir lassen das mit dem Foto weg."
Brahms sah sich um. Der Bobtail stand noch immer in Höhe der M & V-Bar und lehnte an einer Straßenlaterne.
„Und du bist sicher, er kann uns orten?"
Brahms hob den Sender zwischen zwei Fingern in die Höhe.
„Und wann hat er dir das Ding in die Jacke gesteckt?"
„Ich glaube, er war es nicht, sondern Alecha. Sie hatte die Chance, als ich bei Bollhart in der Wohnung war. Wahrscheinlich hat sie das im Auftrag Bollharts getan. Und der hat es dann Kraskow gegeben."
„Lass uns ausprobieren, ob er uns noch folgt." Wellmann winkte einem Taxi. Sie stiegen ein und baten den Fahrer, in die Schanze zum Schulterblatt zu fahren. Sie fuhren an Kraskow vorbei, der sich umdrehte und in die Bar zurückging.
„Wo willst du hin?", fragte Brahms.
„Der Saal II ist bestimmt noch geöffnet. Vielleicht hat Marijke Dienst. Wir setzen uns einfach ans Fenster und warten auf Kraskow. Dann hast du den Beweis."
„Wir könnten auch an einer Ecke auf ihn warten, und wenn er kommt, ihm einen über den Schädel geben und ihm das Ortungsgerät wegnehmen."
„Endlich wirst du normal, Brahms. Du hattest die ganze Zeit so eine Beißhemmung."
„Ich habe einfach keine Ahnung, was um mich herum vorgeht. Angefangen damit, dass dies eigentlich ein Auftrag meines Vaters ist. Möglicherweise ist der gan-

ze Fall nur Fiktion. Es gibt keine richtigen Bösen und auch keine Guten. Alles ist falsch. Lena ein falsches Opfer. Bollhart ein falscher Toter. Alecha und ihre beiden Freundinnen falsch, alles falsch. In Wirklichkeit ist vielleicht gar nichts passiert oder ein ganz anderes Verbrechen ist im Gange. Begreifst du, ich warte auf den Scheinwerfer, der plötzlich vom Himmel fällt, wie in diesem Film, der Truman Show, als der Held plötzlich feststellt, die Wirklichkeit, in der er lebt, ist Fiktion."
„Und was willst du tun?", fragte Wellmann.
„Mir fehlt die entscheidende Information. Andererseits habe ich keine Zeit, denn wenn Lena tatsächlich entführt worden ist, na ja, dann steht es schlecht um sie."
„Brahms, du hältst dich doch für einen halben Hund."
Brahms grinste und knurrte.
„Dann sei doch einfach nur Hund. Folge deiner Nase."
Brahms dachte daran, dass dies auch Kommissar Petersen gefordert hatte. Und daran, dass sein Vater die Nase des Sohnes fürs Kaffeegeschäft haben wollte. Vielleicht hing beides zusammen.
Das Taxi hatte das Schulterblatt erreicht, Wellmann ließ es vor der Roten Flora halten. Ein paar Jugendliche hatten neben dem Gebäude ein Feuer in einer Tonne entzündet, wärmten sich daran. Wellmann und Brahms gingen bis zum Saal II. Marijke hatte tatsächlich Dienst, und sie setzten sich zu ihr an den Tresen und bewunderten sie. Sie hatte sich vor ein paar Tagen ihr langes Haar kurz schneiden lassen. Sie hatte Ähnlichkeit mit der französischen Autorin Françoise Sagan –

als sie noch jung war. Beide forschten vergeblich nach einer Krise in Marijkes Leben, denn ihrer Meinung nach ließen sich Frauen nur deshalb radikal die Haare abschneiden. Marijke schob die Lippen vor und zog die Mundwinkel herab: „Da ist nichts. Und Schluss!"
Kurz darauf stieß Wellmann Brahms an und wies nach draußen. Auf der anderen Straßenseite vor dem Naturkostladen fuhr Kraskows Käfer vor. Die Beifahrertür schwang auf. Goly zog sich mit beiden Händen am Rahmen haltend heraus und dirigierte Kraskow in eine enge Parklücke, die sich durch abgestellte und übereinandergestürzte Fahrräder noch mehr verengte.
„Ach, du Elend", sagte Brahms. „Die beiden haben sich verbündet."
„Vielleicht kannten sie sich auch schon. Goly hat die St.-Pauli-Verbindungen, und Kraskow liefert die Mädchen aus dem Ausland für die Puffs."
„Ich dachte, Kraskow ist nur in der gehobenen Ehevermittlung tätig."
„Lena erzählte mal, dass er auch Frauen aus ihrem Dorf nach Deutschland gelockt hat. Sie sollten als Hausmädchen arbeiten, aber er gab sie an einen Zuhälter weiter."
Daniel Goly bemühte sich, die Skulptur der Fahrräder zu entwirren und wieder aufzustellen. „Halt!", schrie er. Kraskow stoppte nicht, fuhr rückwärts gegen die Räder. Er stieg aus, schüttelte seine Mähne, fluchte und trat gegen eines der Fahrräder.
„Wir müssen hier weg", sagte Brahms. „Das riecht nach Blut."

19

Die Nacht flackerte vor seinen Augen. Der Geschmack von Blut auf der Zunge. Sie waren durch die Fenster des Hinterzimmers geflüchtet und so schnell gelaufen, dass ihnen jetzt fast schwarz wurde vor Augen. Brahms hielt sich mit einer Hand an der Hausmauer fest. Die geschwefelte Nacht in den rohen Bronchien.

„Wir müssen den Sender loswerden", sagte der Maler mit einem Atemzug zwischen jedem einzelnen Wort. „Schmeiß das Ding in einen Gully", kam dann schon als ganzer Satz.

Brahms hustete, letzte Lungenbläschen platzten, dann beruhigte sich sein Körper. „Nein, etwas Besseres als einen Gully findest du überall."

„Wir stecken ihn einem anderen in die Tasche."

Noch waren ihre Verfolger nicht zu sehen. Sie gingen langsam weiter, bogen an der nächsten Straßenecke wieder ab. Eine junge Frau mit einem Hund kam ihnen entgegen.

„Ist das ein Irischer Wolfshund?", fragte Brahms.

Die Frau lächelte, band sich das Haar zurück und neigte ihr Gesicht in das Licht der Straßenlaterne. „Nein, aber fast. Es ist noch ein Collie mit drin. Für einen Irischen Wolfshund wären die Haare zu lang."

„Kann ich ihn streicheln?"

„Probieren Sie es. Falls er beißt, haben Sie Pech gehabt und ich auch."

„Als Kind bin ich eine Zeit lang unter Hunden aufgewachsen."

„Sie sehen nicht aus wie Mogli, der Junge aus dem Dschungel."

„Ja, ich gebe zu, ich bin älter geworden."

„Interessierte sich der Junge nicht später für das Mädchen aus dem Dorf und verließ den Dschungel?"

„So geht es immer. Es handelt sich um eine ganz normale Dressur. Das könnten Sie auch vollbringen."

„Ich gehe extra mit dem Hund spazieren, damit attraktive junge Männer auf mich aufmerksam werden. Deshalb habe ich ihn mir angeschafft. Ich warte nur noch, dass der Richtige aus dem Dschungel kommt, sich niederbeugt und fragt, ob er den mal streicheln kann. Ich überlasse dem Hund dann die Entscheidung."

Der Hund schnüffelte an Brahms und entdeckte ein verwandtes Wesen. Brahms ging in die Knie, sprach ihn an. Der Hund legte seine Schnauze in Brahms' Hände. Brahms dachte an die Hunde seines Onkels. Als er noch klein war, hatte seine Mutter ihn oft auf dem Hundeplatz im Klövensteener Forst in Obhut gegeben. Einmal, so erzählte sie, hätten ihn die Hunde nicht wieder hergeben wollen und einen engen Kreis um ihn gezogen.

Brahms kam wieder hoch. „Und ich bin nicht der Richtige?"

„Man müsste sich bei Tageslicht begegnen."

„Pass auf dein Frauchen auf“, befahl Brahms dem Hund. „Die nächsten Kerle werden angeknurrt, ist das klar?“

Der Hund nickte. Brahms verabschiedete sich und holte Thoralf Wellmann ein, der vorgegangen war.

„Spinnst du“, sagte der Maler. „Wir werden verfolgt, und du flirtest und spielst den Hundegott.“

Brahms grinste. „Sieh dir den Köter genau an. Der Hund trägt unseren Sender am Halsband, und er wird ihn nicht so leicht hergeben, wenn Kraskow ihn geortet hat.“

„Großartig, ein Hund ist die beste Lösung! Das hätte mir schon früher einfallen müssen. Aber was ist mit dem Mädchen? Ich kenne sie, sie geht immer mit dem Hund durchs Viertel.“

„Was soll sein, das nächste Mal zeige ich ihr ein paar Kunststücke. Pfötchen geben. Apportieren. Ich glaube, sie kann gut mit Hunden.“

„Ich meine, was macht Kraskow mit ihr, wenn er merkt, wo der Sender ist?“

Brahms schüttelte den Kopf. „Die beiden haben Angst vor dem Hund.“

Sie wanderten langsam bis zum Neuen Pferdemarkt. Überall an den Straßenrändern, an Fußweggittern und um Verkehrsschilder hatten sich große Mengen Fahrräder versammelt. Brahms kam es vor, als wären es mehr als gewöhnlich. Sonst geschah dies regelmäßig bei Spielen des FC St. Pauli.

„Ich glaube, wir sollten noch im Jolly Roger vorbeischauen.“

„Das Fan-Lokal in der Budapester Straße.“
„Vielleicht sind dort ein paar von den Fußballerinnen. Wir könnten sie nach Lena fragen.“

20

Eine Rotte Hunde verfolgte ihn. Acht oder neun struppige Tiere. Er begann zu laufen, aber die Hunde kamen immer näher. Nackthunde mit kahlen Menschenköpfen und mit dem Gesicht von Bollhart. Einzelne von ihnen erreichten ihn, bissen in seine Beine. Brahms lachte darüber, und im gleichen Moment, noch im Traum, wurde ihm bewusst, dass es ein Traum war.

Das Handy gab zwei Töne von sich, als würde eine Klinge geschärft. Eine SMS-Nachricht. Er war froh, dass damit der Traum zu Ende war. Bollhart als Hund. Träume waren auch nicht mehr das, was sie früher mal waren. Zu einfach in der Symbolik, zu wenig verschlüsselt, wie fürs Fernsehen gedrehte Filme.

Draußen dämmerte der Morgen. Er sah zur Uhr. Kurz vor sieben. Er schwang die Beine aus dem Bett, die nackten Füße erschraken vor den kalten Dielen, krümmten sich. Langsam stellte er sich auf die Beine, beobachtete sein Schwanken, der Nacken knarrte. Ein Baum im Winter.

Draußen waren ein bis zwei Zentimeter Schnee gefallen. Das Märchen Schneeweißchen und Rosenrot fiel ihm ein. Und plötzlich wusste er, was das Blut auf dem Kachelboden im Bad zu bedeuten hatte. Es gehörte nicht Bollhart. Es war der Beweis für die Entführung Lenas. Es musste ihr Blut sein.

Mit steifen Gliedern ging er zu seiner abgelegten Kleidung, zog das Handy aus der Hosentasche. Es schmeichelte sich in seine Hand. Aber bevor er die Nachricht lesen konnte, klingelte das Festnetz-Telefon.

„Gut, dass du anrufst", sagte Wellmann, ohne abzuwarten, dass Brahms seinen Namen nannte. „Ich nehme an, du hast mir diesen entsetzlichen Traum geschickt und willst nun kontrollieren, ob er angekommen ist."

„Du hast mich angerufen und nicht ich dich", sagte Brahms.

„Gut, bin ich dir eben zuvorgekommen."

„Was hattest du für einen Traum?"

„Eine Gruppe großer Hunde verfolgte mich. Sie kamen immer näher und bissen mir ins Bein. Solche Träume können nur von dir kommen. Zu einfach in der Symbolik, zu wenig verschlüsselt. Aber glaubhaft realistisch. Eher was für die Masse der Träumer. Mehrheitlich hat das Schlechte ja den größten Erfolg."

„Weißt du, dass ich eben denselben Traum hatte?"

„Ist mir schon klar, dass du meine Träume vorher testest."

„Wie sahen deine Hunde aus?"

„So wie der gestern, dem du den Sender umgehängt hast."

„Meine hatten das Gesicht von Bollhart."

„Hat er gebissen?"

„Ja."
„Dann hast du jetzt eine Blutvergiftung."
Wieder das Bild von dem Blut im Bad. „Und wie ist es bei dir?"
„Ich habe eine Alkoholvergiftung. Nach dem enttäuschenden Besuch im Jolly Roger war ich noch mindestens in vier weiteren Bars. Ich erinnere mich noch an Hedis Landgang, ans Nord, an die Bar 439 und an den Dschungel. Es müssen aber mehr gewesen sein."
Brahms lud während des Gesprächs die SMS auf das Display. Sie lautete: Lena wieder da. Bollhart.
„Sagtest du Dschungel?"
„Ja."
Brahms las ihm die Nachricht vor.
„Die würden kaum die Hunde auf uns hetzen, wenn das wahr wäre", sagte Wellmann.
Brahms zog das Hosenbein seines Pyjamas hoch. Ein blutiger Strich auf der Wade. Wo kam der her?
„Du hast Recht", sagte er.
„Ich habe übrigens frühmorgens eine Zeitung gekauft."
„Und?"
„‚Mord ohne Leiche' heißt die Überschrift zu dem Artikel über Bollhart. Von einer Entführung seiner Frau steht da nichts."
„Aber Alecha wird es doch den Reportern erzählt haben."
„Vielleicht hat die Polizei den Medien einen Maulkorb verpasst."
„Gut möglich."

21

Die dünne Schneedecke war schon wieder verschwunden. Die Sonne hob vorsichtig für einen schmalen Spalt den Wolkendeckel über der Stadt. Ein flaches Strahlenbündel tastete sich bis zu den Türmen und Gauben der Speicherstadt vor. Ein bisschen Gold für die HafenCity. Doch noch immer gehörte mehr als Fantasie dazu, sich das neue Gebiet als lebendigen Teil der Stadt vorzustellen. Manche der Plätze und Häuser hatten kein menschliches Maß. Urbanes Leben entstand oft erst durch den Alterungsprozess, Abnutzung und Verfall machten wohnlich.

Brahms sprang die geschichteten Platten der Magellan-Terrassen hinab und wieder hinauf. Frühsport. Er war nicht zurück ins Bett gegangen, sondern hatte sich vorgenommen, seinen Vater beim Gang ins Büro abzufangen. Er schnüffelte die Luft. Die Gitterstäbe zum alten Hafenbecken waren von Hunden markiert worden. Keines der Tiere war zu sehen. Kaum vorstellbar, dass in den Wohnungen am Kaiserkai Tiere erlaubt waren. Rundum kein Stück Erde. Die Welt war bis auf den letzten Spalt gepflastert. Vielleicht war es das, was Brahms irritierte, Tiere waren in diesem Viertel nicht vorstellbar. Er wanderte zurück zum Alten Wandrahm, wo die Verwaltung von Brahms-Kaffee ihren Sitz hatte. Er war immer noch zu früh, aber als er von der Straße Bei St. Annen abbog, sah er, dass bereits jemand auf die Büroöffnung wartete. Zwischen den roten Ziegelmauern des zurückliegenden Eingangs schob sich ein kleiner Bauch hervor.

„Petersen?"

„Brahms?"

„Ich wollte meinen Vater besuchen."

„Ich einen alten Schulfreund."

„Würde mich nicht wundern, wenn dies ein und dieselbe Person ist, und möglicherweise wollen wir ihn das Gleiche fragen."

„Er ist noch nicht da."

Brahms legte den Kopf schräg. „Sie sehen nicht gut aus, Herr Kommissar."

„Nachtschicht. Sie wissen doch, die ersten 24 Stunden nach einem Verbrechen sind die entscheidenden, ob ein Täter gefasst wird oder nicht. Und ich habe auch noch ein Labor dazu bewegt, heute Nacht zu arbeiten."

„Das Blut?", fragte Brahms.

Petersen nickte.

„Es stammt nicht von Bollhart."

„Woher wissen Sie das?"

„Es stammt von Lena, nicht wahr?"

Der Kommissar öffnete den Mund, dann griff er nach Brahms' Jackenaufschlag, schob ihn vor und zurück. „Verdammt, Brahms, wenn Sie etwas wissen und es mir nicht gesagt haben, sperre ich Sie ein, das schwöre ich. Wir haben die ganze Nacht gebraucht, um das mit Hilfe von Lenas und Bollharts Zahnbürsten herauszufinden."

„Es stimmt also." Brahms machte einen halben Schritt rückwärts, und der Kommissar geriet ins Wanken. Er ließ Brahms los.

„Woher wissen Sie das also? Raus mit der Sprache!"

„Sie haben selbst gesagt, ich soll den Hund in mir befragen."

Das Gesicht des Kommissars geriet in Bewegung. Die Lippen rutschten ziellos umher, eine Wange hob sich und ein Lid begann zu zucken.

„Sie sollten zuerst Alecha befragen, wieso sie den toten Bollhart in Lenas Blut hat liegen sehen", sagte Brahms.

„Habe sie schon heute früh telefonisch geweckt, bin dann aber doch selber nach Niendorf gefahren. Ich wollte ihr bei meiner Frage ins Gesicht sehen. Nun, Bollhart hat ihr befohlen, das zu sagen. Sie war glaubwürdig."

„Woher kam das Blut?"

„Sie weiß es nicht. Sie meint, Bollhart hat es ausgegossen."

„Und jetzt", sagte Brahms, „wollen Sie meinen Vater nach seinem verschwundenen Geschäftsfreund Bollhart befragen. Da er dringend verdächtig ist, seine Frau umgebracht zu haben."

Brahms drehte sich um. Der schwarze Wagen mit den verdunkelten Scheiben seines Vaters schlich heran.

„Sie sollten eines bedenken", sagte Brahms. „Statt einem Entführungsopfer einen Finger oder das Ohr

abzuschneiden, kann man ihm auch Blut abzapfen für die Lösegeldforderung."
Die Gesichtszüge des Kommissars hatten sich gefangen, der Mund geschlossen, nur seine Kaumuskeln arbeiteten heftig.
„Wissen Sie, Brahms, Männer, die sich eine Ehefrau kaufen, fühlen sich schnell als Herren über deren Leben und Tod."
Die Fahrertür öffnete sich. Der Chauffeur ging um die Motorhaube herum und öffnete die hintere Tür. Sie beobachteten beide, wie Brahms' Vater ausstieg, sich die Hosenbeine seines grauen Flanellanzugs schüttelte, bis sie korrekt über den braunen gelochten Schuhen saßen, dann zog er an seinem Jackett, die burgunderrot-grau gestreifte Krawatte wölbte sich hervor. Der Chauffeur öffnete die Tür zum Beifahrersitz, holte einen Mantel und eine Aktentasche heraus, überreichte beides seinem Chef. Erst jetzt erblickte Brahms' Vater die Wartenden. Er hob den Kopf, seine vielen Längsfalten glätteten sich, die Lippen legten sich straff über die Zahnreihen und bildeten ein dünnes, unregelmäßiges Lächeln, als wäre ein Regenwurm in dieser Form zertreten worden.
„Gut", sagte er. „Ich gestehe alles."

22

„Martin Bollhart“, begann der Kommissar, „erzähl mir was über ihn.“
Ludwig Wilhelm Brahms und Bernd Petersen waren während der Schulzeit enge Freunde gewesen und trafen sich auch jetzt noch regelmäßig.
Sie setzten sich an den Besprechungstisch. Ludwig Lutz Brahms ging zum Fenster und sah hinunter auf die Kornhausbrücke und den Zollkanal. Er hatte erwartet, Nicolai Kraskow unten stehen zu sehen. Aber nur anonyme Angestellte, in dunkle Mäntel gehüllt, eilten in ihre Büros.
„Du stehst auf der gesetzlich gezogenen Linie zwischen Gut und Böse, um jeden Übertritt zu verfolgen“, sagte der Vater. „Aber die Grenze von Moral und Unmoral ist nicht dieselbe Linie. Was unmoralisch ist, ist nicht unbedingt ungesetzlich.“
„Was willst du rechtfertigen?“
„Ich will eher verurteilen.“
Constanze Werner, die Sekretärin seines Vaters, brachte Kaffee und Kekse. Der Kommissar ließ sich einschenken, schnupperte an den Keksen. „Ah, Zimtgebäck.“
„Bald ist Weihnachten.“
Brahms hatte sich umgedreht, nickte der Sekretärin zu, und sie goss auch ihm eine Tasse ein. Brahms bemerk-

te ihre Art, sich zurückzunehmen. Sie hob die Hacken ihrer Pumps, ging fast auf Zehenspitzen um den Tisch, verließ den Raum, schloss dabei die Tür ganz langsam, um keinerlei Geräusch zu verursachen.
Petersen schob sich einen Keks nach dem anderen in den Mund, schlürfte dazwischen seinen Kaffee. „Köstlich“, sagte er. „Die backt sie selber, was? Ich muss sie nachher nach dem Rezept fragen. Zu Weihnachten lasse ich mir das Keksebacken nicht nehmen.“
Brahms’ Vater griff einen der bereitliegenden Notizblöcke und zog darauf einen Querstrich. „Die Moralgrenze“, sagte er, „sie hat Gültigkeit für das Privatleben.“ Er zog darüber eine zweite Line. „Die Gesetzesgrenze. Zwischen den beiden findet heute das Geschäftsleben statt.“
„Es ist also unmoralisch?“ Brahms setzte sich zu den beiden.
„Der sogenannte ehrbare Kaufmann, der sich nicht nur nach Recht und Gesetz richtet, sondern auch moralisch handelt, ist ein Ideal. Es gibt und gab ihn immer nur in Ausnahmefällen. Wäre sonst so etwas wie Sklaverei je möglich gewesen? Hätte man sonst Land in Besitz nehmen können, das einem gar nicht gehört? Hätte man Afrikaner mit Glasperlen als Bezahlung abfinden können? Eine Tat, mit der sich damals europäische Kaufleute sogar noch brüsteten. In der Wirtschaft entsteht Gewinn aus dem Unterschied von Wissenden und Unwissenden, von Dumm und Klug, von Besitzenden und Besitzlosen – oder Mächtigen und Ohnmächtigen.

Moral verhindert das Geschäft. Und Bollhart handelt nicht nur in jenem Bereich ohne Moral, sondern er wandelt auf der Grenze zwischen Legalität und Illegalität."

„Moment", sagte Brahms. „Wo stehst du selbst?"

„Augenblick", mischte sich Petersen ein. „Über wen wollen wir hier reden?"

„Nein, ich muss das jetzt wissen. Noch nie hat mein Vater das Geschäftsleben in dieser Weise so eindeutig definiert." Brahms dachte an die häufigen Diskussionen, in denen er eine ähnliche Position eingenommen hatte, und nicht sein Vater.

Ludwig Wilhelm Brahms rieb sich die Stirn und sah ihn nicht an. „Ich bin ein Teil dieses Systems. Ich kann es nicht ändern. Wenn Bollhart mir Verpackungen wesentlich preiswerter als andere anbietet, muss ich sie ihm abkaufen, denn dann kann ich meinen Kaffee mindestens zum gleichen Preis wie die Konkurrenz anbieten und mich im Markt behaupten. Würde ich mich moralisch verhalten, dürfte ich nicht mit Bollhart Handel treiben. Denn ich ahne, würde ich ihn fragen, wieso seine Ware so preiswert ist, erführe ich wahrscheinlich von schlimmster Ausbeutung, wie sie hier in unserem Land nicht erlaubt ist."

„Kinderarbeit?"

„Möglich."

„Aber du fragst nicht."

„Ich frage nicht, weil er mich belügen würde. Denn er kennt mich und meine Einstellung. Er würde mir nicht die Wahrheit sagen."

Lutz Brahms drehte sich zu Petersen um. „Wer ein Verbrechen stillschweigend duldet, macht sich doch strafbar."
„Hier ist der Sachverhalt anders. Ihr Vater weiß nichts von einem Verbrechen, er vermutet es nur. Und es wäre in dem Land, in dem es geschähe, kein Straftatbestand."
„Ja, schon gut." Brahms knurrte, wendete sich wieder seinem Vater zu. „Und doch hättest du als Alternative die Aufklärung. Du könntest den Verbraucher informieren, dass du moralischer handelst und deshalb dein Produkt ein paar Cent mehr kostet. So etwas gibt es doch schon, und es funktioniert."
„Solange die Leute das Gefühl haben, es geht ihnen gut, hätte ich Abnehmer, aber kaum kommt der nächste Abschwung, droht geringeres Einkommen, die nächste Wirtschaftskrise, schon würden sie wieder nur nach der billigeren Ware greifen. Der Mensch ist ein Bollhart. Auch in mir steckt etwas von diesem verachtenswerten Wesen." Er nahm seinen Kopf in beide Hände, die Längsfalten wölbten sich deutlich. Wieder das altbekannte sorgenvolle Gesicht eines englischen Bluthundes. „Und wenn du es dir zutraust, in diesem Unternehmen als Korrektiv zu wirken, würde ich mich sehr freuen. Wir beide gemeinsam könnten …"
Petersen zog die Mundwinkel kurz nach oben und ließ sie wieder fallen und unterbrach ihn. „Vielleicht können wir die Diskussion um die Nachfolgeregelung kurz aussetzen und bei Bollhart bleiben, dem realen, nicht dem Bollhart in uns allen. Amen."

Ludwig Wilhelm Brahms erhob sich. „Auf jeden Fall möchte ich mich in aller Form bei dir entschuldigen, Lutz, dass ich dich diesem Mann ausgesetzt habe. Ursprünglich dachte ich, es wäre ein interessanter Test, ob du wirklich weiter als Ermittler arbeiten willst. Denn meiner Meinung nach hättest du dich am Ende gegen deinen Auftraggeber entscheiden müssen.

Aber es war keine gute Idee, dich mit ihm zu konfrontieren. Ein Mann, der nur aus Gewinn- und damit verbundenem Machtstreben besteht. Einer, der sich nur durch sein Geld, seinen Besitz definiert. Einer, der jederzeit bereit ist, mit einem Fuß über die Grenze des Gesetzes zu gehen. Ein Mann ohne Grundsätze, ohne Moral. Ein Mann, dem man in keinem Moment sein Vertrauen schenken darf. Ein Mann mit der Mentalität eines Sklavenhalters, wenn es zum Beispiel um seine Beziehung zu Frauen geht. Ich habe keinen Moment gedacht, dass die Entführung echt ist, sondern dass eine kluge Frau einen solchen Mann selbstverständlich verlässt. Und dass du sie ihm nicht ausliefern würdest, hättest du sie gefunden.

Aber da ihr beide jetzt vor mir sitzt, nehme ich an, es geht wirklich um mehr."

Er ging zum Schreibtisch, öffnete eine Mappe.

„Nicht nur seine Frau, auch er selbst ist jetzt verschwunden", sagte Petersen. Er sah Lutz Brahms an, zuckte mit dem Kopf. „Oder?"

Brahms hob die Schultern.

„Die Medien werden sicherlich seine Ermordung verbreiten“, sagte der Kommissar, „aber es ist wohl alles ganz anders gewesen.“

„Warum steht nichts von der Entführung in den Zeitungen?“

„Wir haben darüber nichts herausgegeben.“

Der Vater kam mit einem Blatt zurück. „Hier habe ich sämtliche Adressen von Martin Bollhart, auch die seiner Häuser in Thailand und auf den Kanarischen Inseln, alle seine Telefonnummern und E-Mail-Adressen. Vielleicht hilft es. Ich hätte auch noch die Bankverbindungen.“

„Unbedingt“, sagte Petersen.

Brahms' Vater ging erneut zum Schreibtisch, drückte einen Knopf am Telefon und bat Constanze Werner, alle Kontodaten von Bollhart zusammenzustellen.

„Wann hast du Bollhart oder seine Frau zuletzt gesehen?“, fragte Petersen.

„Seine Frau suchte vor vierzehn Tagen bei uns für eine Nacht Unterschlupf. Er selbst war vor vier Tagen hier, um mögliche nächste Lieferungen zu besprechen. Bei der Gelegenheit fragte er nach Lutz und dessen Erfolg als Ermittler. Er sagte, seine Frau sei eventuell entführt worden. Er wollte auf jeden Fall jemanden beauftragen, der nach ihr suchen sollte.“

„Hat Lena Bollhart irgendetwas gesagt, das auf eine längere Abwesenheit hindeuten könnte?“

„Ja. Sie sagte, sie hätte vor, sich von ihrem Mann zu trennen, obwohl das sehr schwierig sei, aber diesmal wolle sie einen Weg finden. Ich hatte den Eindruck, sie war fest entschlossen. Wir haben nicht weiter gefragt. Es schien mir zu indiskret."

„Indiskret?" Brahms mischte sich ein. „Diese Ehe ist das Ergebnis einer Art von Menschenhandel."

„Das ist sekundär", sagte Petersen. „Zuerst müssen wir die beiden finden." Er wendete sich wieder an seinen Schulfreund. „Hat sie etwas über Bollhart erzählt, was uns helfen könnte, sie oder ihn zu finden?"

„Nein, aber Bollhart wurde auf eine Weise vertraulich wie nie zuvor. Er erzählte, er hätte seiner Frau bereits ein Angebot gemacht, ihr ein Schloss zu kaufen, in dem sie wohnen könnte und er sie nur nach vorheriger Anmeldung besuchen würde."

Lutz Brahms lachte. „Die Geschichte kenne ich vom Maler Dalí und seiner Frau Gala."

Sein Vater hob einen Mundwinkel. „Bollhart besitzt ein schlossähnliches Gutshaus. Es heißt nicht Púbol und liegt nicht an der Costa Brava, sondern in Mecklenburg-Vorpommern. Die Adresse steht ebenfalls auf dem Papier. Er ließ durchblicken, dass sie dort wie eine Einsiedlerin leben sollte, ohne Kontakt zur Außenwelt."

„Würde er sie eher töten als gehen zu lassen?", fragte Petersen.

23

Sie betraten das Restaurant Schöner Leben in der Speicherstadt. Petersen schob seinen Bauch an der Vitrine entlang, als wolle er ihm die leckeren Sachen zeigen, erst dann steuerte er einen der höheren Tische an.

„Waren Sie schon mal hier, Brahms?“ Petersen wartete keine Antwort ab, sondern rief eine vorbeilaufende Bedienung und bestellte zum Standardfrühstück noch Rührei, Speck und Rostbratwürstchen. „Ist doch praktisch, so ein Restaurant gleich an der nächsten Ecke. Und dann diese hohen Tische, die sind ja viel bequemer, wenn man ständig aufstehen und ans Büffet gehen muss. Man hat nicht so viel Mühe hochzukommen und plumpst nicht so tief. He, Brahms, haben Sie überhaupt was bestellt?“ Wieder gelang es Brahms nicht zu antworten, denn Petersen war schon vom Stuhl gerutscht und zum Büffet gegangen.

Brahms nahm nur Kaffee.

Der Kommissar kam zurück, betrachtete Brahms mit Schweineaugen. „Verderben Sie mir nicht den Appetit, indem Sie nichts essen. Ein zweites kleines Frühstück tut not, wenn man so viel zu denken hat wie wir beide. Los, gehen Sie, besorgen Sie uns Croissants. Und dann erzählen Sie mir, was Sie vorhaben.“

Brahms organisierte zwei Croissants. Der Kommissar griff nach einem, brach die Spitze ab und tunkte es in seinen Kaffee. Dann sog er schlürfend daran. „Also, wie schätzen Sie die neue Lage ein?“ Blätterteigkrümel schossen über den Tisch.
„Was ist mit Kraskow?“, fragte Brahms. „Könnte das alles nicht eine Disziplinierungsmaßnahme für seinen reibungslosen Mädchenhandel sein? Was meinen Sie?“
„Nein, nein. Bollhart hat die richtige Mentalität, jemanden umzubringen und sich dann abzusetzen“, sagte Petersen. „Kommen Sie, Brahms, ich brauche endlich eine Leiche, sonst bin ich den Fall los.“
Das Rührei kam, Petersen wedelte sich mit beiden Händen den Duft ins Gesicht. „Butter“, sagte er, „man muss es eben mit Butter machen.“
Der Kommissar schob sich die mit Ei beladene Gabel in den Mund und zog mit der anderen Hand die Seite mit den Adressen Bollharts heraus und betätigte sein Handy. Er gab die Adresse des Gutshauses in Mecklenburg-Vorpommern durch, mit der Anordnung, dort nach Spuren von Bollhart oder seiner Frau zu suchen.
„Es ist niemand dort“, sagte Brahms.
„Wer sagt das?“, fragte der Kommissar.
„Der Hund.“ Er berichtete, dass ihm letzte Nacht von Bollhart gekündigt worden war.
„Das bestätigt … ah.“ Petersen schluckte, die Rostbratwürstchen wurden serviert. Er neigte sich vor, roch an den Würstchen. „Kennen Sie den Brunch im Café Fees?“

„Das ist das Restaurant im hamburgmuseum?“
„Genau. Ich glaube, es gibt dort nur Sonntags dieses Büffet.“
„Ich war einmal da.“
„Ist es nicht wunderbar üppig?“
Brahms nickte.
„Und man sollte unbedingt in diesem Innenhof unter dem Glasdach sitzen.“
„Da stehen die berüchtigten Wärmepilze.“
„Kommen Sie mir nicht schon wieder damit, dass die Dinger der Umwelt schaden.“
Der Kommissar schnitt eines der Würstchen in kleine Teile und aß sie in großer Geschwindigkeit hintereinander.
Plötzlich erschlafften alle seine Glieder, er bekam den Katzenblick: voller Bauch und dann kurz mal einschlafen.
„Was ist nun mit Kraskow?“, weckte ihn Brahms.
Der Kommissar fuhr seinen Körper in die Höhe. „Sie wissen, dass ich das offiziell nicht darf.“
„Ich stelle ja keinen Antrag. Ich möchte nur ganz beiläufig erfahren, was gegen ihn vorliegt. Dieser ganze Menschenhandel mit den Mädchen, das muss doch strafbar sein?“
Petersen sog die Luft ein. „Internationale Ehevermittlung, vorzugsweise auch noch mit adoptierten Töchtern, alles legal. Wenn man nachweisen könnte, dass Lena gegen ihren Willen verheiratet wurde, wenn es also eine Zwangsheirat war, wie wir das aus Emigran-

tenkreisen kennen, dann wäre der Straftatbestand der Nötigung erfüllt."
„Nur Nötigung?"
„Dafür kommt man auch ein paar Jahre ins Gefängnis." Petersen suchte sein Hemd und Jackett nach Krümeln ab, wischte sich über den Bauch. „Ich hatte das mit Kraskow schon weitergegeben. Wir haben den Verdacht auf Urkundenfälschung, Schmuggel, Körperverletzung – aber es kam nie zu einer Anklage, jedes Verfahren wurde eingestellt. Offiziell betreibt Nicolai Kraskow ein Tourismusunternehmen und verfügt wohl über beste Beziehungen zu den rumänischen Behörden."
„Und was ist mit Alecha?", fragte Brahms. „Ihr seltsames Verhalten?"
„Ich denke, Bollhart hat sie eingeschüchtert, hat ihr Angst gemacht. Sie kam mit den Eltern aus Russland. Deutschstämmig. Es gibt bei uns nichts über sie und ihre Familie."
„Sie lassen sie aber beobachten?"
Petersen grinste, beugte sich über den Tisch, blinzelte mit Seehundaugen. „Zum Beispiel mit ihren Freundinnen im M & V."
„Beobachten Sie mich auch?"
„Brahms, finden Sie nicht, wir sollten noch irgendetwas essen? Wenn ich an den Inhalt Ihres Kühlschranks denke, wird mir ganz schwarz vor Augen."

24

Daniel Goly lehnte mit verschränkten Armen an der Fahrertür von Brahms' Wagen, als er zurückkam. Die Bizepse spannten den Stoff seiner schwarzen Lederjacke. Es erschien Brahms, als hätte Goly in den letzten Monaten an Muskelmasse zugelegt. Auch der Hals hatte an Umfang gewonnen. Ein schmales Lederband mit goldenen Dornen stellte die Grenze zur Brust dar. Brahms sah sich um. In der HafenCity waren nicht viele Fußgänger unterwegs, und Petersen war schon davongefahren.

Goly hob seine Oberlippe, legte eine gebleichte Zahnreihe frei. Der Gesichtsausdruck eines Pitbulls. Er löste sich mit einem Ruck, gab aber nicht die Tür frei. „Ich habe ein bisschen aufgepasst. Man weiß ja nie, so ein alter Golf wird gern mal mitgenommen. Lässt sich ja auch leicht knacken."

„Arbeitest du jetzt für Kraskow?" Brahms hielt Abstand, blieb vor dem Wagen stehen, stützte sich mit vier Fingern auf die Motorhaube. Besitzanspruch. Daniel Goly legte als Antwort die rosafarbene Zunge auf die Unterlippe. Kein Weg an ihm vorbei.

„Die Herde will gezähmt werden", sagte er.

Brahms griff in seine Jackentasche, und Goly wich einen Schritt zurück. Er erwartete wohl eine Waffe.

Aber Brahms' Hand tauchte mit einem kleinen Plastikfeuerzeug wieder auf. Er warf es in Richtung Goly, der es mit einem weiteren Rückwärtsschritt geschickt auffing.

„Als Lohn fürs Aufpassen", sagte Brahms. Die Fahrertür war frei. Er stieg ein, ohne Goly aus den Augen zu lassen.

Goly hob die Hand und stieg in den hinter ihm parkenden Wagen. Beide fuhren gleichzeitig aus der Parklücke, und für einen Moment sah es aus, als wolle Goly ihn rammen. Doch er fuhr mit wenigen Zentimetern Abstand hinter ihm. Erst an der nächsten Kreuzung blieb Goly zurück, bis Brahms ihn schließlich nicht mehr sah. Er steuerte in Richtung Klövensteener Forst zur Hundeschule seines Onkels Bruno Kimpfert. Er brauchte einen Hund, nicht nur einen halben wie er selbst, sondern einen, der im richtigen Moment echte Zähne in falsches Fleisch grub.

25

Die Welt ist Hund. Ein zuckendes Knäuel aus Fell. Sieben Hunde drängten sich dicht an ihn, sprangen halb an ihm hoch, stempelten ihre Nasen auf seine Hände. Robo, der Ranghöchste, versuchte vergeblich, sein Privileg durchzusetzen, der Erste zu sein. Keines der Tiere machte ihm Platz.

Bruno Kimpfert hatte seine Arbeit am Zaun beendet und marschierte mit einer Drahtrolle unter dem Arm quer über die Hundewiese. Er kam heran und rüttelte Brahms zur Begrüßung am Arm. Einige der Hunde knurrten ihn an.

„Ihr spinnt wohl", brummte er sie an. „Ich weiß, Lutz ist euer Gott, aber ich bin es, der euch das Futter gibt."

Brahms streckte beide Hände flach aus und die Hunde legten sich zu seinen Füßen.

„Habt ihr euch verabredet?", fragte sein Onkel. „Deine Mutter wollte auch kommen und mit mir essen gehen."

Bruno stellte die Drahtrolle an der großen Blockhütte ab und ging hinein. Brahms folgte ihm. In dem Raum brannte ein kleiner eiserner Ofen. Bruno beugte sich nieder, füllte ihn mit zerkleinerten Ästen nach. Seit seiner Pensionierung vom Polizeidienst lebte er oft das ganze Jahr hier draußen bei seinen Hunden, obwohl er in Sülldorf eine kleine Wohnung besaß.

Er hatte die Tür offen gelassen, und die Hunde wagten sich bis zur Türschwelle vor, saßen dort und warteten auf den Befehl, hereinkommen zu dürfen. Es gab für sie zum Schutz vor der Witterung zwei weitere kleine Räume mit einem separaten Eingang.

Bruno kam wieder hoch. „Nun sag schon, was du willst. Du willst doch was?“

„Meinst du, Hunde können erkennen, ob jemand lügt oder die Wahrheit sagt?“

„Eine Art Lügendetektor? Klar können sie das. Sie riechen es. Im Grunde funktionieren sie besser als die Computer, die Schweiß und Pulsfrequenz messen. Aber es ist natürlich nicht gerichtsverwertbar.“

„Aber du hast ...“

„Ja, ich habe früher einige der Polizeihunde darauf trainiert, dass sie bei einem Verhör ein Zeichen gaben, wenn sie glaubten, der Täter würde lügen. Aber das ist natürlich immer eine Interpretation des Hundeführers. Er ist der große Unsicherheitsfaktor, nicht der Hund.“

Brahms nickte. „Und du hast jetzt noch einen, der das kann?“

„Klar, Nofretete kann das.“

„Noffi?“

„Ja, deine Lieblingshündin.“

Die schwarze Flatcoated Retriever Hündin vor der Tür erhob sich, wedelte leicht mit dem Schwanz.

„Du musst vorher die Zeigefinger kreuzen, es ist das Zeichen für sie, einer Aussage zu folgen. Blinzelt sie öfter als gewöhnlich, dann hat sie eine Lüge erschnüf-

felt. Blinzeln ist ja sowieso eine Hundegeste, wenn sie einer Sache überdrüssig sind – fast menschlich, was?"
„Kann ich das ausprobieren?"
„Lutz, das kannst du dir doch denken, dass es nur funktioniert bei jemandem, der wirklich etwas zu verbergen hat. Es gehört also eine Zwangslage dazu."
Die Hunde vor der Tür erhoben sich, witterten. Ein Auto näherte sich. Er erkannte den Landrover seiner Mutter am Motorengeräusch. Auch die Hunde wussten, wer kam, und waren zur Pforte gelaufen.
Seine Mutter stieg aus. Brahms lächelte, sie hatte sich wieder wie ein Filmstar gekleidet. Sie trug einen weiten schwarzen Ledermantel mit breitem Gürtel, und auf dem blonden Haar saß schräg eine schwarze Baskenmütze. Es erinnerte ihn an ein Foto von Hildegard Knef.
Bruno Kimpfert begrüßte seine Schwester mit vorsichtigen Küssen auf die Wange, um das Kunstwerk nicht zu zerstören. Auf ihre Frage, wem sie heute ähnlich sähe, wusste er keine Antwort. Lutz Brahms rieb sich das dunkle Sandpapier seines Kinns.
„Hilde Knef", sagte er und umarmte seine Mutter. „Ich kenne ein Foto. Ich glaube, sie hält einen Telefonhörer in der Hand."
„Genau. Ich habe dieses Foto gesehen und dachte an meinen alten Ledermantel. Der Rest war einfach. Und es sind die richtigen Temperaturen dafür. Das Foto stammt – aber da bin ich mir nicht sicher – aus dem Film *Die Mörder sind unter uns.*"

„Der erste deutsche Film nach dem Zweiten Weltkrieg."
„Ich hab ihn mal gesehen", mischte sich Bruno ein. „Aber war der nicht mit Maria Schell?"
„Nein, Hilde Knef, da bin ich sicher", sagte Elisabeth Brahms. „Lutz, was machst du überhaupt hier?"
„Ich will Noffi ausleihen."
Sie gingen in die Blockhütte. Brahms rief Noffi zu sich. „Ich habe noch ein paar Fragen an dich wegen Lena Bollhart." Brahms bat seine Mutter sich zu setzen. Er machte Noffi das Zeichen der gekreuzten Zeigefinger. Sein Onkel runzelte die Stirn und schüttelte den Kopf.
„Was hatte Lena bei sich, als sie ging?"
„Eine längliche Sporttasche. Ich glaube dunkelblau mit weiß eingefassten Rändern."
„Und wie lange blieb sie genau bei euch."
„Eine Nacht, das sagte ich doch schon."
Noffi blinzelte.
„Aber du hättest mir doch ruhig sagen können, dass sie länger geblieben ist."
„Du hast es schon herausgefunden, nicht wahr? Sie ging nach dieser Nacht, weil sie wusste, dass ihr Mann kommen und nach ihr fragen würde. Sie wollte nicht, dass ich für sie lüge."
„Lügen?"
„Am nächsten Tag kam sie wieder und blieb drei Nächte. Ich dachte, es wäre besser, wenn du das nicht weißt, wenn du mit Bollhart sprichst."
„Damit ich nicht lügen muss?"

„Moment mal“, sagte Bruno. „Die Hündin muss hier raus. Ich mag es nicht, wenn die hier drinnen ist. Noffi, geh raus!“

Die Hündin rührte sich nicht, sah Brahms an, bis dieser sie tätschelte und sie dann mit einer Handbewegung nach draußen schickte.

„Und dann kam noch Alecha, Bollharts Haushaltshilfe, vorbei. Sie brachte Lena Sachen zum Anziehen.“

„Und Alecha …“

„Ja, schon gut, sie blieb die ganze Nacht. Aber das ist doch nicht wirklich wichtig.“

26

Die Verabredung mit Alecha und der Duft frisch gebackenen Streuselkuchens zogen ihn hinab ins Souterrain eines Jugendstil-Mietshauses am Poelchaukamp. Er betrat das Café und ging zielstrebig auf einen Tisch zu, der gerade frei wurde und von dessen Ausblick der Name des Cafés herrührte. Café Canale. Er kannte den Namen des kleinen Verbindungskanals zwischen der Goldbek und der Osterbek nicht. Aber er kam ihm vor wie eine Klassengrenze des Stadtteils Winterhude. Wer westlich davon wohnte, schaute auf die östlich liegenden Häuser herab. Denn je näher man an der Außenalster wohnte, umso vornehmer durfte man erscheinen – und tat es auch.

Alecha hatte gesagt, es müsse ein Treffpunkt in ihrer Nähe sein, sie habe nicht viel Zeit. Brahms setzte sich, blickte auf den Kanal, von dem aus im Sommer die Kanufahrer ihren Kaffee zum Mitnehmen bestellten. Das Venedig-Gefühl, von manchem Reiseführer propagiert, stellte sich allerdings nicht ein. Die falsche Jahreszeit. Und Hamburg war nicht vergleichbar, besaß von Vielem weniger und von Vielem mehr als die Stadt an der Adria. Der Kanal nur eine schmale, glatte Wanne zwischen Hauswänden. Der Duft machte es dringend, den Streuselkuchen zu bestellen. Die Höflichkeit gebot, gelassen zu bleiben und auf Alecha zu warten. Aber die Bedienung ignorierte ihn sowieso. Alecha kam mit Verspätung und einem Spottgesicht. Sie zog die Mundwinkel herab und presste die Lippen aufeinander. Der Gruß nur eine Silbe. Sie wickelte sich aus einem bunten Schal und einem blauen Plastikmantel. Darunter kam das schwarze Hausmädchenkleid hervor, schwarze Strümpfe, Wanderschuhe. Sie fuhr sich mit den Fingern unter das Haar, lüftete es und sagte: „Wenig Zeit." Dann setzte sie sich, verschränkte die Arme und lehnte sich weit zurück. Größtmögliche Distanz.

Die Bedienung kam, sie bestellten beide je einen Streuselkuchen mit Rhabarber und einen Cappuccino.

Brahms faltete die Hände, legte sie wie zum Gebet an die Lippen.

Alecha fragte: „Was wollen Sie wissen?"

„Ich will meine Welt in Einklang bringen", sagte Brahms. „Wirklichkeit herstellen."

„Was habe ich damit zu tun?"

„Das geht nur im Dialog."

„Und?"

„Sie sind sehr hübsch."

„Ich bin nichts für Männer."

„Das habe ich begriffen."

Er betrachtete die Glätte ihrer Gesichtshaut, die makellosen Kanten an Nase und Kinn, das wippende Haar, die Härchen ihrer Brauen, sorgfältig parallel gebürstet, wie mit einem schwarzen Stift gezeichnet. Alles könnte aus Plastik sein. Ein künstlicher Mensch. Ein Android.

„Als ich Sie gestern Abend vom Fenster aus mit der Presse sprechen sah, wusste ich, dass etwas nicht stimmte. Als mich dann Bollhart nachts anrief und sagte, er sei nicht tot, begriff ich, dass Sie Teil einer Inszenierung sind."

„Er wollte es so. Er wollte als tot gelten."

„Was hat er Ihnen genau gesagt?"

„Na ja, dass er, wenn er als tot gilt, nicht erpressbar ist. So ungefähr jedenfalls. Was weiß ich. Das habe ich dem Kommissar auch schon gesagt."

„Aber es war nicht seine Idee! Und Sie wissen das!"

Das Blut schoss ihr in den Kopf, selbst durch die Schminke röteten sich ihre Wangen. Die Bedienung kam, und Alecha versteckte sich hinter deren Schürze. Als die Bedienung ging, kam Alecha mit weißer Plastikhaut wieder hervor. Makellos wie eine Schaufensterpuppe.

Brahms rührte den Kaffee um, nahm ein Stück vom Kuchen. „Gut, schmeckt sehr gut", sagte er.

Alecha stürzte sich auf das neue Thema. Sie plauderte, wie oft sie hierher komme, was alles noch gut wäre, die Pfannkuchen, der Mittagstisch. Sie lehnte sich vor, trank und aß, während sie sprach, war ein anderer Mensch ohne Manieren.

„Die Idee der Entführung stammt doch von Lena und Ihnen", sagte Brahms, und Alechas Redefluss stoppte, schwappte zurück. Sie verschluckte sich daran. Er wartete, bis sich ihr Husten legte.

„Anfangs erschien Ihnen beiden die Entführung doch als Ausweg aus dieser Zwangsehe, aus diesem Vertrag mit Bollhart, ohne ihn aufzukündigen. Sie haben diese Entführung gemeinsam inszeniert, nicht wahr? Wahrscheinlich haben Sie sich das ausgedacht, als Sie im Haus meiner Eltern waren. Lena sollte für immer verschwinden, von den Entführern angeblich getötet, weil Bollhart ja nicht zahlen würde."

Alecha schwieg, hatte sich wieder zurückgelehnt und die Augen gesenkt. Brahms beugte sich weiter vor, um seine Stimme zu senken.

„Sie sollten das zugeben. Ich bin schließlich nicht Kommissar Petersen."

„Sie wissen ja schon alles." Sie sah ihn nicht an, kratzte an einem imaginären Fleck auf ihrem Kleid.

„Also, woher kommt das Blut?"

Alecha biss sich auf die Lippen. „Ja, es stimmt, wir haben gedacht, wenn wir so tun, als wäre es eine Entführung, dann wäre Lena frei, könnte unter anderem Namen leben. Wir waren überzeugt, dass Bollhart kein Lösegeld zahlt, sondern sich eine neue Frau kaufen würde. Aber dann war Lena plötzlich wirklich verschwunden, und es kamen diese Anrufe. Sie ist tatsächlich entführt worden! Wirklich!"

„Aus dem Spiel ist Ernst geworden?"

Alecha nickte heftig. Ein Beben fuhr ihr über das Gesicht, die Glätte wurde von Faltengebirgen durchzogen. „Ja, jetzt ist sie wirklich entführt worden. Ich weiß nicht, wo sie ist. Und diese Männer am Telefon verlangten eine Million." Sie beugte sich vor, schrumpfte auf ihrem Platz.

„Und Bollhart?"

„Er will bezahlen."

„Wirklich?"

Ihr Blick kam von unten, ihr Gesicht wurde Schmerz. „Die wollen Lena nach und nach immer mehr Blut abzapfen ... Und auf einem Zettel stand, was Herr Bollhart damit machen sollte."

„Wie kamen die Anweisungen?"

„Ein Kurier brachte alles in einem Umschlag. Lenas Blut in einem Plastikbeutel darin. Bollhart sollte es im Bad ausschütten, dann zum Hotel Elysee kommen."

„Und dann?"

„Ich sollte die Presse anrufen und erzählen, Bollhart habe in dem Blut gelegen, er sei wahrscheinlich tot und die Mörder hätten seine Leiche mitgenommen. Ich musste das alles tun, verstehen Sie? Die bringen Lena sonst um."

„Wo sind Umschlag und Anweisung?"

„Die musste Bollhart mit ins Elysee-Hotel bringen."

„Keine Kopie gemacht?"

Sie blickte irritiert auf. „Doch, doch, ja natürlich! In der Wohnung, die ist aber versiegelt, da kommt man nicht rein."

„Wir werden sehen."

27

Noffi war es, die aus Alecha einen anderen Menschen machte. Sie entdeckte die Hündin auf dem Rücksitz in Brahms' Wagen, stürzte sich auf sie mit den Worten, so einen Hund habe sie sich auch immer gewünscht. Sie setzte sich zu Noffi, streichelte und umarmte sie. Und die Hündin legte ihren Kopf in Alechas Schoß.
Die Anwesenheit der Hündin beruhigte sie, und Brahms gelang es, sie zu überzeugen, die Geschichte mit den Anweisungen der Erpresser auch dem Kommissar zu erzählen. Brahms rief ihn an, bestellte ihn zur Wohnung von Bollhart in Eppendorf.
Petersen stand bereits auf der Straße, als sie ankamen. Noffi sprang aus dem Wagen, wedelte auf Petersen zu, lehnte sich an seine Beine und ließ sich den Kopf kraulen. Während Alecha von dem Umschlag der Entführer berichtete, telefonierte Brahms mit dem Elysee-Hotel. Er versuchte, eine Nachricht zu hinterlassen, und erhielt die Auskunft, Herr Bollhart sei bereits heute Morgen wieder abgereist.
„Warum haben Sie mir das nicht gleich erzählt?", knurrte Petersen Alecha an, als er das Polizeisiegel an der Tür durchtrennte.
„Das ging doch nicht. Ich konnte doch Lenas Befreiung nicht gefährden. Herr Bollhart wollte ja das Lösegeld

bezahlen. Keine Polizei, hatten die Entführer gesagt. Und Herr Bollhart hatte mich entsprechend angewiesen."
Petersen öffnete die Tür weit. „Wir können alle rein. Die Spurensicherung ist fertig."
„Auch der Hund?"
Petersen nickte.
Sie folgten Alecha auf dem Weg in den Büroraum. Der Briefordner war leer. Alecha zog Schubladen auf, blätterte Ablagekästen durch, durchwühlte den Papierkorb unter dem Schreibtisch. Schließlich kam sie wieder hoch und sagte: „Sie ist nicht mehr da."
„Wenn es diese Kopie jemals gegeben hat", sagte Petersen. „Dann wollen wir mal Punkt für Punkt aufschreiben, soweit Sie sich noch erinnern." Er wies auf einen der Bürostühle, setzte sich selbst an den Schreibtisch und schlug sein Notizbuch auf.
Während Alecha ihre Erinnerungen präzisierte, gab Brahms der Hündin ein Zeichen zu bleiben und schlich sich selbst davon. Er ging in die Küche, öffnete die Waschmaschine, in der Schmutzwäsche lag. Dann holte er sich eine Plastiktüte zum Einfrieren von Lebensmitteln. Mit einem Kochlöffel durchsuchte er die Wäschestücke. Schließlich fand er eine blaue ärmellose Bluse, die Lena gehören konnte. Er hob sie mit dem Löffel heraus, stopfte sie in die Plastiktüte und faltete diese so klein zusammen, dass er sie hinten zwischen Jacke und Hosengürtel stecken konnte.
Als er zurückkam, saß Noffi neben Alecha, hatte ihre Schnauze auf ihren Schenkel gelegt. Sie strich der Hün-

din mit einem Finger den Nasenrücken entlang und zählte gerade auf, wer alles vor vierzehn Tagen auf dem kleinen Fest anwesend war. Petersen schrieb mit.
Der Kommissar klappte sein Notizbuch zu. Alecha beugte sich zu Noffi herab, kraulte mit beiden Händen ihren Hals.
„Eine Frage hab ich noch“, sagte Brahms. Noffi befreite sich und sah ihn an. Brahms legte vor seinem Bauch die Hände zusammen und kreuzte die ausgestreckten Zeigefinger.
„Wann genau und wo haben Sie Lena zum letzten Mal gesehen?“
„Ich?“, fragte Alecha. „Das war ... das war im Haus Ihrer Eltern, ja genau. Also, das muss jetzt zehn oder schon elf Tage her sein.“
Noffi blinzelte.

28

Hamburg zog sich mit großer Geschwindigkeit seine graue Nachtmütze über den Kopf. Erste blinkende Lichterketten versuchten, einen Rhythmus für die Weihnachtseinkäufe vorzugeben. Die Häuser bekamen leuchtende Augen.

„Ich muss was essen." Petersen blickte auf seine Uhr.

„Ich habe keine Zeit, ich will heute noch in die Zinnschmelze zu einem Konzert." Brahms ließ Noffi in den Wagen springen.

„Wissen Sie, wen ich neulich kennengelernt habe? Den Küchenchef vom Nil."

„Ah, das Nil."

„Er sagte, ich solle nicht vor November kommen und mich vorher anmelden."

„Warum?"

„Keine Ahnung." Der Kommissar öffnete die Beifahrertür von Brahms' Auto und stieg ein. „Wenn wir jetzt hinfahren, sind wir um 18.30 Uhr dort und um 19.30 Uhr wieder weg. Und die Platzreservierungen im Restaurant fangen doch dann erst an."

„Aber ein Vier-Gänge-Menü dauert länger."

„Lassen Sie mich nur machen."

Brahms ging um den Wagen herum und stieg ebenfalls ein.

„Wenn Sie nach dem Essen wieder zurückfahren, setzen Sie mich einfach hier wieder ab. Liegt doch auf dem Weg nach Barmbek."
Brahms startete den Wagen, fuhr auf die Eppendorfer Landstraße und dann in den Lehmweg, über die Kreuzung Hoheluftchaussee weiter in die Bismarckstraße.
„Sie hätten anders fahren sollen, dies ist eine Dreißiger-Zone."
„Manchmal der schnellste Weg während der Rushhour. Ich biege dann in die Weidenallee ein und fahre durch bis zum Neuen Pferdemarkt."
„Wissen Sie, warum das Nil zu den besten Restaurants in Hamburg gehört?"
„Nein."
„Weil die bescheiden sind. Sie sagen, sie wollen nur zweite Liga sein, kochen aber, als wären sie in der ersten. Die arbeiten ohne den Druck, ganz oben stehen zu wollen. Das ist ihr Geheimnis."
„Und was ist das Geheimnis von Alecha?"
„Sie verdient bei Bollhart so viel Geld wie ein langjähriger Kommissar bei der Polizei. Das muss man sich mal vorstellen. Als Haushaltshilfe. Wie kann das sein? Und um diesen Job zu behalten, tut sie natürlich alles, was er von ihr verlangt."
„Sie meinen, es gibt diese Entführung nicht."
„So, wie es keine Liste mit Anweisungen gab."
Brahms parkte auf dem Gelände des Supermarktes am Neuen Pferdemarkt und ließ Noffi im Wagen zurück,

versprach der Hündin aber, später noch einen Spaziergang mit ihr zu machen.
Der Kommissar stieg aus und schnupperte in die Luft.
„Ich erinnere mich noch an die Zeit, als der Schlachthof noch in Betrieb war, da roch es hier oft nach Blut."
„Jetzt riecht es, als würde es bald wieder schneien."
Sie überquerten die Budapester Straße, gingen an der Bar Hedis Landgang vorbei. „Waren Sie da schon mal drin?", fragte Brahms.
Der Kommissar schüttelte den Kopf.
„Schräge Kneipe mit guter Musik, und dank der Dekoration ist immer Weihnachten."
„Und waren Sie hier schon mal drin?", fragte Petersen und zeigte auf die Bar Die Welt ist schön im nächsten Haus.
Brahms schüttelte den Kopf.
„Schöne Bar ohne Chichi, geht über mehrere Stockwerke. Und gute Musik."
Das nächste Haus beherbergte das Restaurant Nil. Mit dem Versprechen, den Tisch um halb acht wieder zu räumen, bekamen sie einen Platz oben am Rand der Galerie. Petersen verlangte, Matthias Schulz zu sprechen.
„Wissen Sie, Brahms, was das früher war?" Petersen beugte sich über das Geländer, sah zum Bartresen hinab.
„Klar, ein Schuhgeschäft."
Ein Koch, Anfang dreißig, kam an den Tisch. „Sie wollten mich sprechen ... ah, die Polizei." Er grinste.

„Hallo Matthias, ich habe eine große Bitte. Auch wenn wir in Eile sind, wollen wir das Beste. Schaffen Sie es, uns das Vier-Gänge-Menü so zu servieren, dass wir in einer Stunde wieder weg sind?"
„Klar, mit Blaulicht, aber ohne Martinshorn. Hauptsache, Sie kommen mit dem Essen hinterher."
Er verschwand wieder. Die Kellnerin empfahl ihnen einen Weißwein, aber Petersen wollte den Rosé. „Solange es ihn noch gibt, trinken wir den."
Brahms bestellte Mineralwasser.
Der erste Gang kam innerhalb von sechs Minuten. Kalbscarpaccio und Gebackenes vom Kalb mit Feldsalat. Der Kommissar begann zu reden. „Bollhart ist vor nicht einmal fünf Jahren in Indien wegen Tötung eines vierzehnjährigen Mädchens angeklagt worden. Das Mädchen war während der Fahrt aus seinem Auto gesprungen. Warum wohl? Es ist nicht zum Prozess gekommen, nicht, weil es ein Unfall war, sondern weil sich Bollhart mit den Eltern außergerichtlich geeinigt hatte. Vor zwei Jahren wurde er in Indonesien zu einer Geldstrafe verurteilt. Er hatte jemanden in der Öffentlichkeit geschlagen. In den USA hat er vierzig Tage im Gefängnis gesessen und eine Geldbuße bezahlt wegen – wie man hier sagen würde – Erregung öffentlichen Ärgernisses. Er ist in Kalifornien, Venice Beach, ohne Badehose spazieren gegangen. Der Richter wollte ihm fünf Jahre Zuchthaus geben. Die mögen dort so etwas gar nicht. In Amsterdam ist er wegen Drogenbesitzes bestraft worden. In Amsterdam, wo angeblich jeder

mit Drogen herumläuft! Es muss also verdammt viel gewesen sein. Der Mann hat in Deutschland ein Jahr auf Bewährung bekommen, ebenso lange Führerscheinentzug und haufenweise Punkte in Flensburg, unter anderem wegen absichtlicher Verursachung eines Verkehrsunfalls."

Das in Kakaobutter pochierte Zanderfilet mit Mole-Couscous wurde serviert. Petersen fächelte sich den Duft ins Gesicht, dann begann er, vor Vergnügen brummend zu essen. Brahms hatte seinen Teller noch nicht zur Hälfte geleert, als der Kommissar schon fertig war, der Kellnerin winkte. „Wunderbar. Geben Sie mein Lob an die Küche weiter."

Nach dem Abräumen der Teller wurde der dritte Gang serviert, Vierländer Ente mit Apfelrotkohl und Kartoffelknödel.

„Und dieser Mann", sagte Petersen, dabei Messer und Gabel senkrecht in die Höhe haltend, „was hat dieser Mann wohl mit seiner Frau gemacht?" Er stach mit dem Messer in das Entenfleisch und stopfte sich mit der Gabel gleichzeitig den Rotkohl in den Mund.

„Was ist eigentlich mit Ihrer Frau?", fragte Brahms.

Der Kommissar hörte auf zu kauen und schluckte einmal, dann stach er mit dem Messer in Brahms' Richtung. „Was wollen Sie damit sagen, Brahms? Was wollen Sie damit sagen?"

„Ich meine, kocht sie gar nicht?"

„Sie kann es nicht. Und sie weiß, dass sie es nicht kann, deshalb versucht sie es auch gar nicht erst."

Er säbelte ein Stück Entenfleisch ab, betrachtete es mit großem Wohlwohlen. „Hinzu kommt, dass sie sich hauptsächlich von Salat ernährt. Ständig auf Diät."
„Sollte ich Sie bedauern?"
„Mich oder meine Frau?"
Brahms antwortete nicht, und der Kommissar schüttelte den Kopf. „Nein, nein, nein. Wir haben unsere Absprachen. Und wenn Sie weitere Details aus meinem Privatleben erfahren wollen, dann müssen Sie mich heute einladen."
„Wäre das nicht Bestechung?"
„Richtig, also zurück zu Bollhart."
Die Kellnerin kam, fragte nach der Dessertwahl.
„Was empfehlen Sie?", fragte der Kommissar. „Doch nicht den Rohmilchkäse?"
„Doch."
„Hören Sie, ich hab noch nie in meinem Leben Pinienkuchen mit Hutzelbrotparfait und Rumtopfsabayon gegessen, und Sie empfehlen mir Rohmilchkäse. Der ist ordinärer Bestandteil meines eigenen Kühlschranks."
Die Kellnerin verbeugte sich und ging.
„Sie sollten netter zu den Menschen sein", sagte Brahms.
„Hören Sie, eine einfache Haushaltshilfe verdient so viel wie ich, und ich soll netter zu den Menschen sein!"
„Das wurmt Sie, was?"
Der Kommissar brummte.
„Diese einfache Haushaltshilfe hat mir einen Peilsender in die Jacke geklebt, als ich das erste Mal bei Bollhart in der Wohnung war."

„Klar, auf Bollharts Anweisung. Er wollte jederzeit wissen, wo Sie sind."
„Und mit diesem Peilsender verfolgte mich Kraskow. Wie geht das zusammen?"
„Brahms, das ist doch ganz einfach." Es klang gedämpft, weil Petersen noch einen halben Kartoffelknödel zwischen den Zähnen hatte. „Er will, dass wir an Lenas Entführung glauben, denn wenn man dann ihre Leiche findet, gelten die Entführer als Täter."
„Aber dazu braucht es nicht das Blut und nicht Alechas Geschichte von dem toten Bollhart."
Der Kommissar stieß die Luft aus und wedelte mit der Hand in der Luft. „Er dramatisiert ein bisschen. Und ungewöhnliche Details machen eine Geschichte erst richtig glaubwürdig."
Das Dessert kam. Petersen goss sich den Rest Rosé ins Glas. Er hatte die Flasche allein geleert. „Gut", sagte er, „jetzt will ich Ihre Version hören."
„Wenn Sie Recht haben, müsste Bollhart demnächst wieder auftauchen. Er würde behaupten, das Geld an die Entführer gezahlt zu haben, aber die Frau hätte er nicht zurückbekommen."
„Klar, das ist der Trick, der zu ihm passt. Er hebt eine Million als angebliches Lösegeld ab und verwandelt es auf diese Weise in Schwarzgeld in einem Schweizer Tresor."
„Aber wenn ich zum Beispiel annehme, dass Alecha mir im Auftrag Kraskows den Peilsender in die Jacke geklebt hat, dann könnte auch Kraskow hinter allem

stecken. Zuerst verkauft er die Frauen an reiche Hamburger, und dann entführt er sie. So eine Art Doppelverdiener."

„Aber?"

„Das Blut und die Geschichte der erfundenen Ermordung Bollharts – das passt immer noch nicht. Wenn Bollhart alles arrangierte, musste er damit rechnen, dass die Polizei herausfindet, dass es das Blut seiner Frau ist. Für mich macht alles nur Sinn, wenn er tatsächlich auf Anweisung von Entführern gehandelt hat. Es ist unglaublich schlau eingefädelt. Die Entführer wollten genau das erreichen, was Sie jetzt denken."

29

Brahms hatte Petersen nicht von seiner Theorie überzeugen können, aber davon, dass er mit der Flasche Wein im Bauch zu viel getrunken hatte, um mit dem eigenen Wagen zu fahren. Die Bedienung im Nil rief ihm ein Taxi.

Brahms blieb noch eine halbe Stunde bis zum Konzert, aber er rechnete nicht mit einem pünktlichen Beginn. Dicke Schneeflocken schwebten im Scheinwerferlicht auf die Windschutzscheibe zu. Es erinnerte Brahms an das Raumschiff Enterprise, wenn es in der Fernsehserie Fahrt aufnahm. „Noffi, schalten Sie auf Warp-Geschwindigkeit", befahl Brahms. Die Hündin kam vom Rücksitz hoch und streckte sich.

„Okay, wir bleiben auf der Erde."

Brahms fuhr über die Kennedybrücke zwischen Binnen- und Außenalster. „Wie wär's mit einem kurzen Spaziergang an der Alster?", fragte Brahms.

Noffi wedelte, berührte mit dem Kopf Brahms' Schulter, stupste ihn mit der kalten Nase am Ohr.

Vor dem Hotel Atlantic bog Brahms auf die kleine Nebenfahrspur ab und fand in Höhe des Royal-Meridien-Hotels einen Parkplatz. Er stieg aus, sah zu den Fenstern des Hotels hinauf und fragte sich, wie viele Gäste gerade in mit Blütenblättern bedecktem Bade-

wasser lagen. In einer Reportage über Luxushotels hatte er solche Bilder gesehen. Er sog die Luft ein und roch nur die nahe Alster. Er leinte die Hündin an und ging mit ihr über die Straße bis ans Ufer. Die Schneeflocken klebten sich ihm ins Gesicht, aber der Schneefall ließ nach. Er löste die Leine, und die Hündin schnüffelte sich an der Wasserkante entlang stadtauswärts. Die Alster hatte nachts einen eigenen Geruch, ein bisschen wie ein Moor. Eine Fangopackung. Im Sommer mit etwas Benzin, im Winter mit Salz. Immer dicht am Meer.
Brahms ging auf dem Weg von Laterne zu Laterne. Der Schnee ließ ganz nach. Noffi kam regelmäßig kurz zu ihm, um wieder zu verschwinden. Vom Weg aus machten die wenigen Lichter den See zu einem großen Loch in der Erde.
Wenn sich Brahms' Einschätzung von den Entführern bestätigte, dann waren es die intelligentesten Verbrecher, von denen er jemals gehört hatte. Es war ihnen gelungen, die Entführung der Ehefrau als Mord durch den Ehemann darzustellen und die Übergabe des Lösegelds als seine Flucht. Genial. Wahrscheinlich waren sie jetzt mit Bollhart in der Schweiz oder sonst wohin unterwegs zu dessen geheimen Konten. Aber der gesamte Plan funktionierte nur, weil Bollhart seine Frau lieben gelernt hatte und wirklich bereit war, das Lösegeld zu zahlen. Die Entführer mussten ihn gut kennen.
Die Hündin kam zurück, setzte sich vor ihn und sah ihn an. Brahms blickte auf seine Uhr. „Du hast Recht, wir haben keine Zeit mehr."

Er nahm Noffi wieder an die Leine und ging zurück zum Wagen.
In Barmbek parkte er auf dem Parkplatz gegenüber dem U-Bahnhof. Er öffnete das Seitenfenster einen kleinen Spalt und versprach der Hündin, er würde sie in der Konzertpause zu einem kleinen Spaziergang abholen. Er ging die paar Schritte zum Platz des Museums der Arbeit, drehte sich um und sah, dass Noffi ihn beobachtete. Vor der Zinnschmelze blieb er stehen, blickte zu dem riesigen Bohrkopf am Rand des Osterbekkanals. Und jetzt wusste er, warum dieser Platz für ihn am gestrigen Tag so bedrohlich gewirkt hatte. In der Dunkelheit verstärkte sich dieser Eindruck. Er hatte keine Mitte. Plätze brauchen ein Zentrum, dachte er, und für einen Augenblick versetzte er in Gedanken den Bohrkopf in die Mitte zwischen die Backsteingebäude auf ein Podest, an dessen Rand man sitzen konnte. Der historische Bagger gehörte dagegen an den Rand oder konnte mit dem Bohrkopf zu einem Ensemble verbunden werden.
Er betrat die Zinnschmelze. Eine Frau mit Sonnenbrille stand an der Kasse. Es war die Leiterin. Er kannte sie. Etwa dreißig bis vierzig Zuschauer hatten sich versammelt. Die meisten standen noch. Er entdeckte Karina unter ihnen. Sie unterhielt sich mit einem zweiten Mädchen, beide trugen einen langen, fast auf den Boden reichenden schwarzen Rock mit weißer Bluse. Karinas breites Gesicht leuchtete heller, und ihr weiter Rock schwang im Rhythmus ihrer Gestik. Bei ihrem

Anblick wurde Brahms die Brust eng. Er atmete tief ein. Die Spannung blieb. Er würde Mühe haben, seine Verliebtheit zu unterdrücken.

Karina entdeckte ihn, stürzte aus der Menge auf ihn zu. „Bin ich froh, dass Sie gekommen sind."

Sie drängte ihn zum Ausgang, umarmte ihn dort und küsste ihn auf den Mund. Dann flüsterte sie ihm ins Ohr: „Du musst mich entführen. Bitte, bitte." Es war fast ein Weinen. Unter dem Margeritenduft ihres Parfums kroch ein wenig Furcht hervor.

30

„Hast du ein Auto? Du musst mich wegbringen! Am besten sofort.“ Karina umklammerte mit beiden Händen seine Oberarme. „Er wird gleich kommen, und dann geht es nicht mehr.“

„Wer?“

„Nicolai Kraskow. Und er hat noch jemanden engagiert, der dafür sorgen soll, dass ich nicht weglaufe, so einer mit rasierter Glatze.“

„Daniel Goly?“

„Genau der. Er soll auf uns Mädchen aufpassen, weil Nicolai es nicht mehr allein schafft. Verstehst du, dann können wir überhaupt nichts mehr allein machen.“

„Wir könnten zur Polizei gehen und Kraskow anzeigen.“

Sie schüttelte den Kopf. „Er würde sich an meinen Eltern rächen.“

„Aber wo willst du denn hin?“

Karina lies ihn los, nur um seinen gesamten Oberkörper zu umschlingen. Sie zitterte in der kalten Luft vor der Zinnschmelze. Ihr Atem legte sich auf sein Gesicht. Sie hob einen Finger, fuhr damit auf seinem Nasenrücken entlang und lächelte. Brahms bekam eine Ahnung von unbekannten Abenteuern. Feuchtigkeit kam vom Osterbekkanal herauf, kroch in seine Hosen.

Er schüttelte seine Beine. Karina legte ein Ohr gegen seine Brust, horchte sein Herz ab. Dann zog sie die Nase hoch, als müsste sie weinen, und berichtete, dass Nicolai Kraskow es plötzlich sehr eilig gehabt hätte. Er würde sie morgen zu ihrem künftigen Ehemann bringen. Ein reicher, älterer Hamburger. Sie hatte ein Foto von ihm gesehen, und nun wollte sie fliehen.
Brahms tunkte seine Nase in ihr blondes Haar wie in einen Blumenstrauß. Margeriten mit Löwenmaul und blauen Kornblumen. Sommer. Der Niesreiz ließ sich nicht unterdrücken. Er nieste über sie hinweg.
Sie löste sich, kam mit dem Kopf lachend hoch, dann schlang sie ihre Arme fester um ihn, so dass er Mühe hatte, ein Taschentuch herauszuziehen. Schließlich nahm sie ihm das Tuch ab und putzte ihm die Nase.
„Warum hast du so eine große Nase?“, fragte sie.
„Damit ich dich besser riechen kann.“
„Rotkäppchen, nicht wahr?“, fragte sie und wartete keine Antwort ab. „Als ich dreizehn war, kam Kraskow zu uns. Er wollte meinen Eltern monatlich Geld bezahlen, wenn sie in die Adoption einwilligten. Ich musste Deutsch lernen und auch Märchenbücher auf Deutsch lesen. Und er hat mich auf eine Hauswirtschaftsschule geschickt. Ich wusste genau, worauf ich mich einlasse. Er hat es mir immer wieder gesagt, und ich musste einen Vertrag unterschreiben, dass ich einen Mann heirate, den er für mich aussucht. Und weißt du, es war mir alles recht, wenn ich nur rauskam, weg von meinem groben Vater und dem Dreck, dem Gestank im

Schweinestall, der ganzen Arbeit auf dem Land und der Armut, dem Schimmel auf der Oberfläche der Marmelade und dem Regen, der durch unser Dach tropfte."

„Aber jetzt?"

„Ich hätte gern einen wie dich."

Brahms strich ihr Haar zurück und küsste sie. Sie schmeckte nach Lebkuchen.

„Wie viele solche Töchter hat Kraskow?"

„Du willst dir eine andere aussuchen?" Sie stieß ihn von sich.

Brahms lachte. „Nein." Er nahm sie wieder in den Arm.

„Ich weiß nicht wie viele. Ich weiß nur von drei Mädchen, die darauf warten, dass sie nach Deutschland kommen können. Sie waren schon hier zu Besuch."

„Das ist Menschenhandel. Und du kannst Nein sagen. Wenn er dich zwingt, kommt er ins Gefängnis."

„Und ich muss dann zurück zu meinen Eltern? Nein. Außerdem müssen die dann alles Geld an ihn zurückzahlen. Das können sie nicht! Bitte bring mich weg."

„Wie viel zahlt dein zukünftiger Ehemann für dich?"

Sie hob die Schultern. „Ich weiß es nicht. Viel! Ich glaube, es sind zweihunderttausend. Kann das sein? Vielleicht auch mehr. Was meinst du?"

Die andere Sängerin erschien in der Tür der Zinnschmelze. „Karina, wir müssen anfangen."

Karina nickte, dann umarmte sie noch einmal Brahms, küsste ihn und ging hinein. Brahms folgte ihr. Auf der

Bühne saßen zwei Gitarristen, deren Haar sich flach an den Kopf presste. Die beiden Mädchen gingen hinauf, stellten sich mit gesenkten Köpfen an den Bühnenrand. Brahms setzte sich nach hinten an einen freien Tisch. Karina klammerte sich mit weißen Knöcheln an einen Mikrofonständer, versuchte sich fast dahinter zu verstecken. Mit leiser Stimme sagte sie, das Programm würde eine Stunde dauern, ohne Pause. Sie würden rumänische Volkslieder singen, auch wenn es sich vielleicht im Laufe des Abends anders anhören sollte. Die zweite Sängerin stellte die beiden Gitarristen vor. Beide schraubten an den Mikrofonständern, bis einer der Gitarristen den ersten Ton anschlug. Kaum hatten sie zu singen begonnen, schienen sie zu wachsen. Ihre Stimmen wurden laut und klar. Schwäne, die sich nach langem Schlaf aus dem Gefieder erheben. Ihre Hälse wuchsen aus den Blusen, die Köpfe hoben sich und sie grinsten sich an. Sie bewegten ihre Körper, als stünden sie auf Drehscheiben. Aber was sich wie zweistimmig gesungene Volkslieder anhörte, war etwas ganz anderes. Es waren Klassiker der Rockmusik, so arrangiert, als wäre es Volksmusik. Es dauerte immer eine Weile, bis Brahms das jeweilige Stück erkannte.

Er überlegte, wie er solche Elemente in die Musik von Noll & Nichtig einbringen könnte. Er bemerkte anfangs nicht, dass zwei weitere Zuschauer gekommen waren und sich hinter ihn gesetzt hatten. Immer näher rückten sie mit ihren Stühlen an ihn heran. Sie hechelten. Nicolai Kraskow und Daniel Goly. Ein schwarzer verliebter Retriever, eingekreist von einem Pitbull und einem Bobtail. Schließlich saßen sie so eng neben ihm wie auf einer Bank in einem Bus. Ihre Arme berührten ihn, sie rieben sich an ihm. Er wollte aufstehen, einen anderen Platz suchen, aber beide drückten ihn nieder.

„Sitzen bleiben“, zischte Nicolai Kraskow.

„Wir sind nur zu deiner Sicherheit hier“, knurrte Goly.

31

Selbst nach dem Ende des Konzerts ließen ihn seine Bewacher nicht aufstehen. Die beiden Mädchen waren gegangen. Karina hatte ihm keinen Blick mehr zugeworfen. Aber viele Zuschauer waren noch geblieben, bestellten Getränke nach, so dass es kaum auffiel, dass auch Brahms noch saß, allerdings eingeklemmt. Immer, wenn er versuchte hochzukommen, drückten ihn Kraskow und Goly zurück auf den Stuhl. „Du bleibst!"

Brahms überlegte, wie es ihm gelingen könnte, sich zu befreien. Vielleicht mit dem Stuhl nach hinten kippen oder laut um Hilfe rufen, ein Glas zu Boden werfen, um alle Aufmerksamkeit auf sich lenken. Er hätte die Überraschung auf seiner Seite.

Plötzlich aber stand Noffi vor ihm, wedelte mit dem Schwanz. Brahms gab ihr das Zeichen mit der Faust. Und die Hündin hob auf diesen Befehl hin die Lefzen, zeigte Kraskow die starken Reißzähne und knurrte.

„He, was will der Hund?" Kraskow zuckte zusammen, hob die Arme in Kopfhöhe.

„Es ist meine Hündin", sagte Brahms. „Sie will mich abholen und kann dich nicht riechen. Ich würde dir empfehlen, ganz ruhig sitzen zu bleiben, keine abrupte Bewegung zu machen, sonst schnappt sie zu."

Brahms erhob sich langsam, drängte an Kraskow vorbei.
„Vorsicht“, sagte Brahms zu seinen beiden Bewachern. „Nicht bewegen, sonst greift die Hündin an.“
Brahms ging zum Ausgang, suchte den Autoschlüssel in seinen Taschen. Er fand ihn nicht und ahnte, was geschehen war. Noffi blieb vor den beiden Männern sitzen, knurrte sie an. Erst als Brahms die Tür geöffnet hatte, pfiff er, und die Hündin sprang mit ihm hinaus. Sie liefen bis zum Museum und versteckten sich hinter der Mauerecke. Goly und Kraskow kamen heraus, sahen sich um, bogen dann aber Richtung Kanal ab. Brahms ging zu seinem Wagen.
Karina saß zusammengesunken auf dem Beifahrersitz. Eingehüllt in den Mantel mit hochgeschlagenem Kragen guckte ihr Kopf kaum noch heraus. Brahms öffnete die Tür.
„Ich wusste ja nicht, dass da ein Hund im Auto ist“, sagte Karina. „Er sprang einfach raus und lief davon.“ Erst jetzt entdeckte sie die Hündin. „Das ist er ja. Bin ich froh. Ich dachte schon, der ist für immer weg.“ Ihr Kopf hob sich aus dem Mantel.
„Das ist Noffi, sie hat mich gesucht. Du hast Glück, dass sie dich einsteigen ließ.“
„Sie hat an mir geschnuppert. Es war wie eine Kontrolle. Aber dann hat sie ihre Schnauze in meine Hand gelegt – das war ganz süß, doch dann ist sie aus dem Wagen gesprungen.“
Brahms ließ Noffi auf die Rückbank und stieg ein.

„Jetzt musst du mich mitnehmen“, sagte Karina. Sie hielt ihm die Autoschlüssel hin. „Es war ganz einfach. Ich bin zum Parkplatz, habe auf den Schlüssel gedrückt und der Wagen hat mir zugeblinkt.“

„Und es war auch ganz einfach, ihn aus meiner Jackentasche zu ziehen?“

„Entschuldige. Ich mache es auch nicht wieder.“

Brahms blickte in den Rückspiegel. Noffi saß auf der Rückbank und schien zu grinsen.

„Hast du dich entschieden? Wo willst du hin?“

„Irgendwohin, wo viel los ist. Nur eine Nacht. Die letzte Nacht, bevor ich aus Nicolai Kraskows Gefangenschaft in die Gefangenschaft meines zukünftigen Ehemanns gehe.“

„Wie wär es, wenn ich dich wenigstens zu einem Anwalt bringe. Es gibt Spezialisten für solche Fälle.“

Sie schüttelte den Kopf. „Nein.“

„Wir werden nicht viel Vorsprung haben. In etwa zehn Minuten weiß dein Adoptivvater, dass du abgehauen bist. Und du bist eine auffällige Erscheinung mit deiner Kleidung.“

„Bin ich nicht.“ Sie hob den Rock, öffnete ihn an der Taille, darunter trug sie eine Jeans. „Los, fahr! Ich will auf die Reeperbahn. Los, mach, ich will an einen Ort, wo laute Musik ist, wo gelacht und getanzt wird.“

Sie öffnete ihr Haar, schüttelte es.

„Wie oft bist du schon ausgerissen?“

„Erst einmal.“

Brahms fuhr los, überlegte, welche Stationen ihr auf dem Kiez gefallen würden. Vielleicht vom Lehmitz bis runter zum Pudels am Hafen und wieder zurück in die Große Freiheit 36. Wenn sie Glück hatten, wurden im Kaiserkeller die Lieder, die die beiden Mädchen gesungen hatten, im Original gespielt. Er hatte vergessen, wann Oldie-Night war. Und mit noch mehr Glück wurden sie von Goly oder Kraskow nicht gefunden. Auf jeden Fall durften sie nicht in Hannas Bar am Hamburger Berg, Daniel Goly wusste, dass es Brahms' Stammkneipe war. Aber vielleicht waren sie gerade deshalb dort am sichersten. Auf jeden Fall würde er versuchen, mit einem Anwalt zu telefonieren. Petersen musste einen Spezialisten kennen.

Plötzlich schlug sich Karina auf den Mund. „Halt an."

Er fuhr an den Straßenrand.

„Ich glaube, du hast einen Peilsender an dir", sagte sie. „Diese Alecha hat ihn dir untergeschoben."

„Du kennst sie?"

„Sie hatte eine Abmachung, Nicolai Kraskow über Lena zu berichten. Sie kam und erzählte, dass Bollhart zusätzlich einen Detektiv engagieren wollte, um Lena zu suchen. Ich wusste nicht, dass du das warst. Kraskow hatte den gleichen Auftrag, und er gab Alecha einen Sender, den sie an dir befestigen sollte."

„Glaubst du, Kraskow selbst könnte sie entführt haben?"

„Du meinst …" Sie legte den Finger an den Mund. „Möglich wäre es schon."

„Hat Kraskow noch andere Wohnungen?"
„Ich weiß nur von einem Büro am Hauptbahnhof."
„Adresse?"
„Habe ich nicht, aber ich kann dir zeigen, wo es ist."
„Dann müssen wir da zuerst hin."
„Toll, ich bin mit einem richtigen Detektiv unterwegs, wie im Film. Hast du eine Pistole?"
Er lächelte. „Du siehst die falschen Filme."
„Schade. Keine Pistole."
„Nein."
„Und was machen wir dort?"
„Wir versuchen herauszubekommen, ob Lena in dem Büro ist."
„Oh super! Wir brechen die Tür auf und befreien sie." Sie rieb sich die Hände.

32

Brahms fand einen Parkplatz direkt vor dem Bahnhof. Er holte die Plastiktüte mit Lenas Bluse aus dem Kofferraum. Karina wollte unbedingt Noffi an die Leine nehmen. Sie führte die beiden über die Kirchenallee in die Bremer Reihe. An den geparkten Autos standen zwei Stricher, bogen ihre mageren Körper den Vorbeifahrenden entgegen. Karina tänzelte die Straße entlang und schwenkte Hüfte und Po. Sie schien zu wissen, was das für eine Gegend war.

Am Ende der Straße lag der Hansaplatz. Einst sogenannter Baby- und Hausfrauenstrich und das Zentrum des Drogenhandels. Die Stadt versuchte es hier zuerst mit Aufenthaltsverboten, sperrte dann die Zufahrt von der Langen Reihe, wie einen Fluss, den man umleiten und trockenlegen will.

Immer noch kein einfacher Platz an der Sonne.

„Ich will auch so einen Hund.“ Karina tänzelte weiter in ihren engen Jeans vor Brahms her. Noffi gab sich als Tanzpartnerin. Die Hündin fand Gefallen daran, Karinas Bewegungen mitzumachen. „Am liebsten würde ich Noffi mit auf die Tanzfläche nehmen.“

„Lieber nicht. Ihre Ohren sind viel zu empfindlich.“

„Ich wäre so gern ein Hund.“

„Wirklich?“

„Hunde haben es doch gut."
„Ich weiß nicht. Wir versuchen, sie zu vermenschlichen, und sie versuchen, uns zu Hunden zu machen."
„Aber vielleicht bin ich demnächst selbst so etwas wie ein Hund, mit diesem lebenslänglichen Ehevertrag."
„Wer wird dein Mann?"
„Ein Kaufmann, schon sehr alt. Über vierzig."
„Über vierzig!"
Karina blieb stehen, tippte auf ein Schild an einem der alten Häuser.
„Pinguin Touristik GmbH."
„Das ist Kraskows Firma?"
„Er hat mal erzählt, wie er mit dieser Firma Fahrten zu Heiratsmärkten organisiert hat. Früher. Die Männer holten sich Frauen aus armen Ländern. Aber ich glaube, das macht er jetzt nicht mehr. Mit den Töchtern bringt es mehr ein."
„Pinguin, das klingt mehr danach, als würde er Touren in die Antarktis vermitteln?"
„Du weißt das nicht über die Pinguine, was?" Sie stieß ihn mit der Hand an der Schulter an. „Die Pinguin-Pärchen erkennen sich an der Stimme, damit finden sie unter Tausenden ihren Partner."
Brahms runzelte die Stirn.
„Doch, es ist wahr. Und ich dachte, wenn du zu meinem Konzert kommst, mich singen hörst ..." Sie lachte und hüpfte die Stufen zum Eingang hinauf. Die Tür war geschlossen. Sie klingelte bei Kraskows Büro. Nichts rührte sich. Sie wollte auf andere Klingeln drü-

cken, aber Brahms hielt sie davon ab. Er öffnete zuerst die Plastiktüte mit Lenas Bluse, damit Noffi die Fährte aufnehmen konnte. Dann klingelten sie bei den Bewohnern, bis sich jemand über die Gegensprechanlage meldete. Brahms wollte eine längere Erklärung abgeben, warum sie ins Haus mussten, aber Karina rief einfach: „Polizei! Öffnen Sie sofort."

Brahms grinste, dachte, dass er sich eine solche Assistentin wünschte. Der Summer ertönte. Gleich im Erdgeschoss stand ein dunkelhäutiger Mann in der Tür. „Der Hund folgt nur einer Spur", erklärte Karina. „Schließen Sie die Tür!", befahl sie.

Der Mann tat es, beobachte sie aber noch durch einen Spalt. Brahms hatte inzwischen Noffi übernommen, ließ die Hündin noch einmal an der Bluse riechen. Er stieg die Treppen hinauf. Die Hündin schnupperte an jeder Tür, aber blieb ohne Regung, auch bei Kraskows Büro.

„Schade", sagte Karina, „hätten wir sonst die Tür aufgebrochen?"

„Nein, wir hätten die Polizei gerufen, und die hätten irgendetwas fingieren müssen, um die Wohnung durchsuchen zu lassen. Gefahr im Verzug heißt das, um Kraskow zu zwingen, die Tür zu öffnen. Eine Hundenase allein genügt nicht."

33

Sie stürzte sich in jede Bar, tanzte, forderte Frauen auf, mit ihr zu tanzen, wehrte Männer ab, drohte ihnen mit Brahms als ihrem Ehemann, trank White Russian, Cuba Libre, Caipi, wechselte nach jedem Getränk die Kneipe und lieh sich von Brahms hundert Euro.
Brahms hatte Mühe, ihr zu folgen. Ein Welpe, den man vor seinem eigenen Übermut schützen musste. Zwischendurch gelang es ihm, mit Petersen und einem Anwalt zu telefonieren, beide empfahlen, Karina zu ihrer Sicherheit in ein Frauenhaus zu bringen.
Nach der vierten Station war sie betrunken, hing sich kichernd an Brahms' Arm. Dann beschimpfte sie ihn, weil er so nüchtern geblieben war. Er hatte nichts getrunken.
Sie gingen die Davidstraße hinauf in Richtung Elbe. Eine Prostituierte stellte sich Brahms in den Weg. „He, kennst du mich nicht mehr?"
„Hau ab!", sagte Karina. „Das ist mein Hund."
Die Prostituierte ließ sich nicht irritieren. „Ich habe ein Autogramm von dir."
„Richtig. Hallo." Brahms erinnerte sich. Er kannte sie von einem Konzert im Uebel & Gefährlich. Sie war Besucherin gewesen und hatte ihn im Anschluss angesprochen. Brahms wurde als Gitarrist selten um

Autogramme gebeten, die gesamte Verehrung zog sonst Nils Noll, der Sänger von Noll & Nichtig, auf sich.
„Wann spielt ihr wieder?"
„In vierzehn Tagen im Logo."
„Du bist ja berühmt", sagte Karina, und er erzählte ihr von seinen drei Berufen. Sie gingen weiter bis zum Einschnitt der Herbertstraße. Sie wollte unbedingt hinein, gerade weil der Zutritt für Frauen verboten war. Brahms musste sich gegen sie stemmen. Sie beschimpfte ihn als Feigling.
Am Ende der Davidstraße gingen sie ins Elbwerk. Brahms wollte ihr den Blick über den Fluss auf die Werftlandschaft der anderen Elbseite zeigen. Sie bestellte einen Jägermeister und gab ihm die gesamte bittersüße Flüssigkeit über einen Kuss zu trinken. Brahms verschluckte sich fast. Sie amüsierte sich darüber.
Weiter ging es am Hafen entlang bis zum Golden Pudel Club. Doch auch hier blieb sie nur für ein Musikstück und ein Getränk. Sie stolperte die Treppe zum Pinnasberg hinauf, konnte sich kaum noch halten vor Lachen und setzte sich auf die Steinstufen, streckte die Arme aus und verlangte, dass er sofort mit ihr schliefe.
Als er nichts tat, sondern ihr erzählte, dass sie in ein Frauenhaus gehen könnte und dort sicher wäre vor Kraskow und Goly, stieß sie wie ein Pferd die Luft aus und sagte: „Dummkopf."

Sie versuchte schwankend hochzukommen. Er griff ihr unter die Arme und stützte sie. Sie hing sich mit den Zähnen an sein Ohrläppchen, und sie wanderten die Silbersackstraße entlang, kreuzten die Reeperbahn und kamen zum Hamburger Berg.

Brahms kam zu der Überzeugung, dass man sie überall suchen würde, nur nicht in Hannas Bar. Karina wirkte etwas nüchterner. Es war sehr voll, aber sie fand in Hanna und Leona hinterm Tresen zwei Freundinnen, die sofort ihre Lieblingsmusik auflegten, gemeinsam tanzten und Brahms die Arbeit an der Bar überließen – er kenne sich ja aus.

Thoralf Wellmann wechselte die Tresenseite und half ihm, als komplizierte Cocktailbestellungen kamen und zugleich das tschechische Bier aus dem Keller geholt, die Zitronen geschnitten, die Eiswürfel nachgefüllt und Rotweinflaschen geöffnet werden mussten. Er verlor Karina aus den Augen. Alles tanzte, hüpfte. Die Menge bestand aus zuckenden Körpern, sich kreuzenden Beinen, sich schwenkenden Becken und Bäuchen, und die Arme wuchsen wie Elefantenrüssel über die Köpfe.

Nach einer Weile wurde es ruhiger, und er entdeckte Hanna und Leona, die sich über jemanden beugten, der schlaff in einem Sessel hing. Dann nahmen sie den Körper unter die Arme und transportierten ihn in den Keller zur Toilette. Es war Karina, vollkommen betrunken. Ihre Beine bewegten sich, als gehörten sie verschiedenen Personen.

Brahms ahnte, dass nun das Ende ihres Abenteuers gekommen war. Hanna holte eine Flasche Wasser vom Tresen, sagte, Karina gehe es nicht gut. Sie liege im Lager auf dem Sofa. Kaum war sie wieder im Keller verschwunden, erschienen Goly und Kraskow. Sie betrachteten alle Gäste, kamen zu ihm.

Goly beugte sich über den Tresen. „Du hast nicht unsere kleine blonde Sängerin gesehen?"

„Ist sie weg? Ich habe hier den ganzen Abend Dienst, sonst würde ich euch suchen helfen."

Goly ging zur Toilette, kam wieder, und die beiden verließen das Lokal gerade rechtzeitig, bevor Karina am Arm von Hanna wieder auftauchte. Brahms servierte ihr einen doppelten Espresso, ein Glas Wasser und zwei Aspirin. Sie schluckte alles. Dann formulierte sie in zwei Anläufen, er solle sie jetzt nach Hause bringen.

„Nach Barmbek?"

„Nein, zu dir. Bitte."

Nebel senkte sich wie Rauch zwischen die Häuser, gab jeder Laterne, jeder Leuchtschrift, jedem erleuchteten Fenster einen Heiligenschein. Auf dem Weg zum Wagen in der kalten und nassen Nachtluft kräuselte sich Karinas Haar, und sie gewann an Nüchternheit zurück, ging eigenständig, und wenn sie doch ins Schwanken kam, kicherte sie.

„Warum hast du mich so betrunken gemacht?"

„Ich?"

Sie hing sich an ihn. „Ja, du warst das. Wo ist eigentlich Noffi?"

„Im Auto.“
„Die Arme.“
„Sie ist es gewohnt.“
Auf dem Auto perlte die Luft. In den Tausenden roten Wassertropfen spiegelte sich eine Neonschrift. Karina tippte sie mit dem Finger an und begann zu zählen. Brahms öffnete ihr die Beifahrertür, aber sie wollte hinten bei Noffi sitzen. Die Hündin beschnupperte Karina, legte dann den Kopf auf ihren Schoß, ließ sich streicheln. Karina bekam einen Schluckauf. Versuchte, ihn mit Konzentration und Luftanhalten zu bekämpfen, aber erst, als sie zu singen begann, hörte er auf. Noffi erhob sich, drehte sich, senkte den Kopf auf das Sitzpolster, rieb die Ohren daran, schließlich hob sie den Kopf und jaulte.
„Ich glaube, es ist für Noffi besser, wenn du aufhörst zu singen“, sagte Brahms.
Karina griff nach der Hündin, nahm sie wie einen Teddybär in die Arme.
Brahms fuhr in den Eppendorfer Weg und langsam an seiner Wohnung vorbei. Vor dem Haus saß jemand in einem Auto. Er parkte entfernt und bat Karina zu warten, er wollte erst prüfen, ob sie überwacht wurden. Goly kannte schließlich seine Adresse.
Doch die vermeintliche Person im Auto stellte sich nur als ein Kleiderbündel heraus, das über einer Lehne lag. Er ging zurück und sah in diesem Moment ein Taxi in Höhe seines Wagens halten. Jemand stieg ein, und das Taxi bog in die nächste Seitenstraße ab.

Karina leuchtete hinter dessen Scheibe wie ein Mond aus Schimmelkäse. Als er zum Auto zurückkam, saß nur noch Noffi aufrecht im Auto, reckte sich, legte den Kopf schräg und streckte die Zungenspitze heraus.
„Ja, ja, ich weiß“, sagte Brahms.

34

Es dauerte eine Weile, bis Brahms begriff, dass es das Klingeln nicht in seinem Traum, sondern in der Wirklichkeit gab. Das Telefon. Er griff danach und hatte Noffis feuchte Schnauze in der Hand.

„Ah, du hast schon versucht, abzuheben." Er drückte auf Empfang.

„Wie sieht es aus mit einem englischen Frühstück?", fragte der Kommissar. „Es gibt Neuigkeiten. Und was ist mit Ihrer Zeugin gegen Kraskow?"

„Und wo gibt es ein englisches Frühstück?"

„Im Saal II auf dem Schulterblatt."

„Da passen Sie vom Stil her nicht rein. Da trägt niemand graublau gestreifte Anzüge."

„Für ein englisches Frühstück ziehe ich meine Kapuzenjacke an, trage Joggingschuhe und eine Schultertasche aus Lastwagenplane."

„Okay."

Brahms sah zur Uhr, er hatte zu lange geschlafen. Nun würde er Mühe haben, wach zu werden. Sie verabredeten sich in einer Dreiviertelstunde. Brahms ging zum Spiegel, entdeckte unbekannte Längsfalten in seinem Gesicht. Immer hatte er befürchtet, eines Tages ein so faltiges Gesicht wie sein Vater zu bekommen. Dann wäre es für ihn wirklich Zeit, in den Kaffeehandel einzusteigen. Noffi tauchte an der Badezimmertür auf, und Brahms schien es, als grinse die Hündin.

„Ist ja gut“, sagte er. „Sie ist abgehauen. Was hätte ich gestern Nacht tun sollen? Das Taxi verfolgen, es zum Halten zwingen und sie entführen, verführen? Außerdem war sie betrunken.“

Noffi nickte, drehte sich weg und ging.

„Ich bin eben nur ein halber und kein ganzer Hund“, rief Brahms ihr hinterher. „Unter zivilisierten Menschen gelten gewisse Regeln.“

Noffi kam zurück, sah ihn fragend an.

„Bitte, keine Diskussionen so kurz nach dem Aufstehen!“, sagte Brahms. Er duschte abwechselnd kalt und heiß. Die Falten verschwanden ein wenig. Das Kopfkissen und ein noch unbekannter Alptraum mussten sie ihm ins Gesicht geprägt haben.

Plötzlich schlug Noffi an. Brahms sprang aus dem Bad und sah gerade noch am Wohnzimmerfenster Nicolai Kraskows Gesicht verschwinden. Brahms zog sich an, nahm Noffi an die Leine und ging hinaus. Am Straßenrand lehnte Kraskow an seinem VW Käfer, schüttelte die Haare aus dem Gesicht, um ein Grinsen zu präsentieren.

Brahms zügelte Noffi, die auf ihn losgehen wollte.

„Ist ja nur eine Möglichkeit“, sagte Kraskow.

„Was für eine?“

„Bollhart sagte schon, Sie könnten auch zu denen gehören, die am Verschwinden seiner Frau beteiligt sind.“

„Ich?“
„Sie hat schließlich kurz bei Ihren Eltern Asyl gefunden. Genau genommen hat Bollhart Sie deshalb engagiert. Wussten Sie das nicht? Er hielt es für eine tolle Idee, den möglichen Entführer zu beauftragen, die Entführte zu finden.“
„Haben Sie Bollhart gesprochen? Wo ist er?“
Nicolai Kraskow antwortete nicht, ließ das Haar wieder über sein Gesicht fallen.
„Wie wär's mit einem kleinen Geschäft?“, fragte Brahms. „Wenn ich Ihnen Lena liefere, wie viel geben Sie mir?“
Das über die Stirn hängende Haar Kraskows wölbte sich. Er schien die Stirn zu runzeln. „Wie viel wollen Sie?“
„Zehntausend.“
„Okay. Aber ich bin derjenige, der dann Lena an Bollhart übergibt.“
Brahms nickte, beruhigte die Hündin und führte Kraskow durch seine Wohnung.
„Wo ist sie?“, fragte dieser am Schluss der Führung.
„Ich weiß es so wenig wie Sie, wollte Sie nur davon abhalten, während meiner Abwesenheit bei mir einzubrechen.“

35

Als Brahms im Saal II ankam, schob Petersen gerade die abgegessenen Teller beiseite. Er trug doch seinen graublauen Anzug und hatte zwei Mappen neben sich auf dem Stuhl liegen.

„Nicht schlecht, das Englische." Er hob die Hand, winkte dem Mann hinter dem Tresen und bestellte noch Rührei mit Speck.

„Ist ja schon so gut wie Mittag", erklärte er.

„Tut mir leid, ich hab mich verspätet."

Noffi lehnte sich an Petersen und legte ihre Schnauze auf dessen Knie. Petersen strich ihr über den Kopf.

Brahms nahm die Speisekarte. Jeder der beiden Wirte, Nick und Olli, hatte sein Lieblingsfrühstück in der Karte. Er bestellte die süße Variante von Olli und Kaffee.

„Wo ist Bollhart?", fragte er den Kommissar.

Petersen tippte auf die Karte. „Haben Sie schon mal das vegetarische Frühstück Nick probiert? Es ist mit Tofu."

„Ja, ist prima. Und Bollhart?"

„Vielleicht nehme ich es noch dazu?"

„Warten Sie die Rühreier ab. Das ist immer ziemlich viel."

Brahms bekam seinen Kaffee.

„Wissen Sie", sagte Petersen, „was mich an diesem Lokal stört?"

„Wahrscheinlich die Wände mit den abgewetzten Kacheln, der morbide Charme. Es war mal eine Bäckerei."

„Falsch."

„Die Klos, eine halbe Treppe höher?"

„Ein bisschen."

„Die Bedienung?"

„Absolut nicht. Mir ist es hier etwas zu kühl."

„Das gibt sich bis abends, dann ist es oft zu warm. Was ist nun mit Bollhart?"

„Wussten Sie, Brahms, dass jeder Mensch mit seinem Körper etwa sechzig Watt Heizleistung hat?"

„Nun erzählen Sie schon von Bollhart!"

Petersen legte eine der Mappen auf den Tisch. „Gestern bekam ich noch diese Informationen über Nicolai Kraskow. Wir wissen praktisch alle Details über seine Geschäfte. Die ganze Kungelei mit den Behörden in Rumänien, die Adoptionen, der Handel mit den Eltern. Die Mädchen sind einverstanden. Wir haben also nichts Verwertbares in der Hand. Nicht mal wegen Steuerhinterziehung könnte man ihm beikommen. Wenn Sie allerdings dieses Mädchen dazu bringen könnten, gegen ihn auszusagen … Wo ist sie?"

„Ich weiß es nicht. Ich fürchte, sie ist zu Kraskow zurück."

Brahms bekam sein Frühstück. Noffi wechselte die Position von Petersen zu ihm. „Du hast doch schon

ausreichend bekommen", sagte Brahms. Noffi versuchte es mit der Mimik eines Hundes kurz vorm Verhungern, legte sich dann aber unter den Tisch.
„Und was ist nun mit Bollhart?", fragte Brahms.
„Bollhart ist in St. Petersburg. Der Beschreibung nach hat er eine blonde Frau bei sich. Sagen wir mal, es ist Lena. Er hat dort sehr viel Geld bei seiner Bank abgehoben. Also alles wie erwartet. Mit dem Argument, es sei Lösegeld, verwandelt er weißes Geld in schwarzes."
„Wie ist das eigentlich mit dem Lösegeld, kann man das von der Steuer abziehen?"
Der Kommissar hob die Schultern. Er bekam den Teller mit Rührei und gebratenem Speck, beugte den Kopf darüber, schnüffelte und brummte.
„Und woher weiß man das alles über Bollhart?", fragte Brahms.
Petersen schaufelte eine volle Gabel in sich hinein. Er salzte nach, knabberte an dem Speck. „Wunderbar, allein der Speck."
„Was ist nun?"
„Alles einfache Polizeiarbeit", sagte der Kommissar. „Es ist die Filiale einer deutschen Bank in St. Petersburg. Heute bekomme ich noch ein Foto der Überwachungskamera. Wenn die blonde Frau am Bildrand wirklich Lena ist, wird der Staatsanwalt nicht zögern, einen Haftbefehl gegen Bollhart auszustellen."
„Wegen Vortäuschung einer Straftat?"
„Mindestens." Petersen stopfte sich einen Toast, dick mit Butter bestrichen und mit Rührei belegt, in den

Mund. „Und Ihr Job, Brahms, ist damit auch erledigt. Ich fürchte, Sie bekommen von Bollhart kein Honorar mehr und müssen nun wohl doch bei Ihrem Vater anfangen. Auch keine schlechte Lösung."
„Muss Alecha dann nicht alles gewusst haben?"
„Brauchen wir im Prinzip nicht mehr als Zeugin."
„Ich würde sie gern noch mal befragen. Die Adresse ihrer Eltern, kann ich die haben?"
„Ist bei Hagenbecks Tierpark in der Nähe. Steht im Telefonbuch."
„Rücken Sie schon raus damit. Halt ... Ich glaube, diese Adresse brauche ich nicht, da wohnt sie ..."
Brahms verschluckte das „nicht!", drückte sich die geballte Faust gegen die Lippen. Eine Erkenntnis breitete sich aus, nahm den Raum in seiner Brust ein, füllte sie vollständig aus, wollte zum Mund hinausposaunt werden. Noffi spürte die Verwandlung, kam hoch, schüttelte sich. Brahms presste die Lippen aufeinander und schwieg. Nach einer Weile sagte er: „Ich muss los, habe eine Verabredung." Er hoffte, es klänge ganz normal.

36

Ihre Beine waren gewachsen. Mit langen Schritten kam sie aus der Seitenstraße und marschierte die Eppendorfer Landstraße entlang in den Eppendorfer Baum hinein. Die Knie blitzten auf, aber der Mantel hielt durch die Schwere des grauen Lodens den Schwung ihres rotkarierten Rockes in Grenzen. Kein Dienstmädchen, sondern eine eilige Eppendorferin. Ihr roter Sportwagen stand vor dem Schuhgeschäft. Brahms rannte zu seinem Auto, sprang hinein und startete, als der rote Sportwagen gerade an ihm vorbeifuhr. Alecha stromlinienförmig mit erhobener Nase, nach unten gebogenen Mundwinkeln. Ein Gesicht wie der Kühler eines Wagens. Brahms ließ zwei Autos dazwischen, dann folgte er mit knurrendem Motor.

Zu viel Rot an den Ampeln. Vor dem Winterhuder Fährhaus hatte er ihre Spur verloren, folgte blind dem Strom der Wagen und seinem Instinkt. In der Dorotheenstraße hatte er sie wieder. Vier Wagen vor ihm. Am Goldbekplatz verlor er sie erneut. Wohin war sie abgebogen? Hier irgendwo musste ihre Wohnung sein. Als sie sich mit ihm im Café Canale getroffen hatte, hatte sie gesagt, es solle ein Treffpunkt in ihrer Nähe sein. Er fuhr um den Goldbekplatz, bog dann in eine der Seitenstraßen. Nirgends ein roter Sportwagen. Für so

einen Wagen hatte man wahrscheinlich eine Garage, dann würde er sie nicht mehr finden. Er bog erneut ab, fuhr am Goldbekkanal entlang. Und dann sah er den Wagen. Er fuhr vorbei, parkte im Halteverbot.
„Noffi, jetzt kommt es auf dich an.“
Er führte die Hündin an den Wagen, ließ sie am Türspalt schnuppern. „Such, Noffi! Sie ist eben ausgestiegen. Wohin ist sie gegangen?“
Noffi führte ihn an den Häusern entlang. Backsteinarchitektur, die berühmte Jarrestadt. Einst richtungweisende Architektur für Arbeiterwohnungen in der Nähe ihrer Fabriken. Kampnagel, die zum Theater umgebaute Fabrik, war noch Rudiment dieser Industriekultur. Noffi bog in den nächsten Torweg ab, blieb vor einem Eingang stehen.
„Hier?“
Die Hündin tippte mit der Nase an die Haustür. Brahms las die Klingelschilder. Alechas Name war nicht dabei. Die Tür war nur angelehnt. Sie gingen ins Treppenhaus, und im Gewirr der Gerüche von Bohnerwachs und Mittagessen schien sich die Spur für Noffi zu verlieren. Brahms stieg mit der Hündin die Treppe hinauf, ging von Tür zu Tür. Im obersten Stock, an der letzten Wohnung gab sie Laut. Kein Namensschild. Brahms legte das Ohr ans Holz. Schritte einer Frau. Eine Tür innerhalb der Wohnung wurde quietschend geöffnet und geschlossen. Ein Wasserhahn lief, etwas wurde gespült. Brahms klingelte. Als Alecha die Tür öffnete, quetschte sich die Hündin an ihr vorbei und bellte einmal.

„Was ... was wollen Sie?“ Sie wollte die Tür wieder schließen, aber Brahms fasste sie am Arm und drückte Alecha in den Wohnungsflur hinein.
„Noffi wollte unbedingt zu Ihnen.“
Die Hündin stand gebeugt vor einer geschlossenen Tür und wedelte.
Brahms wollte die Tür öffnen, sie war abgeschlossen. Er trat gegen das Schloss, die Tür sprang auf. Lena lag auf dem Bett, mit Handschellen an Händen und Füßen an das Metallgitter gefesselt, der Mund mit Klebeband verschlossen. Noffi stieg mit den Vorderpfoten auf die Matratze und leckte kurz über ihre Arme.
Brahms drehte sich um, streckte die Hand aus. „Die Schlüssel!“
Alecha nahm sie von dem Garderobenschrank und gab sie ihm. Brahms öffnet die Handschellen. Lena riss sich selbst das Klebeband vom Mund. Sie stand auf, schwankte kurz, ging dann auf Alecha zu und ohrfeigte sie. „Du spinnst wohl!“, fauchte sie. Dann kam sie zurück, setzte sich auf das Bett und rieb sich die Fußgelenke. Die Hündin lehnte sich an sie.
„Wer sind Sie?“
„Brahms, Lutz Brahms. Darf ich Sie etwas fragen?“, sagte er. „Zuerst waren Sie doch einverstanden mit der Entführung?“
„Ja, schon, aber es sollte doch keine richtige Entführung sein. Nur eine Möglichkeit, um endgültig abzuhauen.“ Lena stand auf, ging zu einem kleinen Spiegel an der Wand, betrachtete ihr Gesicht, rieb sich über die

Lippen. „Dann fesselt mich die da ans Bett." Sie sah zu Alecha, die mit verschränkten Armen am Türpfosten lehnte. „Ich dachte, es wäre ein Spiel, aber dann merkte ich, sie wollte Martin Bollhart wirklich erpressen."

„Lena, er zahlt. Er bezahlt!", sagte Alecha. „Eine Million!"

„Ich will sein Geld nicht!" Lena rieb über ihre Armbeuge. Ein blauer Fleck. „Du hast mir Blut abgezapft. Ich dachte, du willst mich umbringen."

„Sie hat ein Medizinstudium. Ich hätte früher darauf kommen können", sagte Brahms mehr zu sich selbst.

„Begreifst du denn nicht, du wärst frei und reich!", setzte Alecha nach.

„Und was ich will ist dir wohl egal?"

Noffi hob die Ohren und verließ den Raum.

Lena schüttelte den Kopf. „Ich dachte, wir hätten eine Beziehung. Plötzlich bin ich nur noch eine Art Geisel für dich. Warum hast du das gemacht? Was sollte das?"

Alecha antwortete nicht, presste die Lippen aufeinander.

„Und was hast du mir gegeben, dass ich so schlapp wurde?"

Alecha stieß sich vom Türpfosten ab. „Du begreifst es einfach nicht, was? Bollhart hat tatsächlich alles so gemacht, wie ich es dir vorausgesagt habe. Er hat das Blut in der Wohnung ausgeschüttet. Die Polizei fand es und zog den Schluss, er muss dich umgebracht haben. Und jetzt – jetzt im Augenblick – dürfte er gerade das

Lösegeld zahlen. Lena, diese Chance musste ich ergreifen. Für uns beide!"

„Ich glaube es nicht, der zahlt nicht. Und was ich will zählt wohl nicht für dich?"

„Es ist wahr, was Alecha sagt", mischte sich Brahms ein. „Das Unvorstellbare ist geschehen, Bollhart zahlt, weil er Sie liebt."

Lena sah ihn an. „Wer sind Sie noch mal?"

„Brahms, Ludwig Lutz Brahms."

„Ach, der Sohn."

„Bollhart liebt Sie tatsächlich, Lena."

„So ein Unsinn, ich bin doch nur so eine Art Hund für ihn."

Alecha verschwand kurz und kam mit einer Pistole in der Hand zurück. „Und jetzt", sagte sie und richtete den Lauf auf die beiden, „werdet ihr euch gegenseitig mit den Handschellen ans Bett fesseln."

„Das glaube ich nicht", sagte eine Stimme hinter ihr. „Polizei!" Petersen drückte ihr den Zeigefinger in den Rücken und nahm ihr die Pistole aus der Hand. Noffi erschien hinter ihm und lief zu Brahms.

„Wie ich immer sage", Petersen zwinkerte Brahms zu, „die größten Fahndungserfolge hat man, wenn man einfach Brahms nicht aus den Augen lässt und im entscheidenden Moment von Noffi an den Tatort geführt wird."

37

Wirklich großen Erfolg hatte die Rockband Noll & Nichtig nie gehabt.
Zwar hatten sich zwei CDs gut verkauft, so dass jetzt eine dritte produziert wurde, aber ausverkaufte Konzerte hatten sie nur nach der Ermordung ihres Sängers Robert Manley gehabt.
Nils Noll hatte den Gesangspart wieder übernommen. Deutsche Texte waren hinzugekommen.
Brahms wollte mit mehreren eigenen Kompositionen zum neuen Album beitragen und Nils Noll als Sänger Konkurrenz machen. Der Erfolg als Musiker war ein Weg zu mehr Unabhängigkeit von seinen Eltern. Bollhart hatte ihm sein Honorar überwiesen, aber das Detektivbüro brachte allein nicht genug ein. Nur durch die Musik und die Wochenendschichten in Hannas Bar kam genug Geld zusammen.
Ein Engagement der Band für ein privates Fest in der Nähe von Volksdorf kam Brahms gerade recht.
„Die zahlen, als wären wir die Rolling Stones", hatte Nils Noll gejubelt.
Als Brahms seiner Mutter davon erzählte, holte sie eine Einladung aus der Bibliothek.
„Wir wollten gar nicht hingehen. Nicht so die Leute, mit denen man sich gern umgibt", sagte sie. „Kein

Umgang, aber wenn du spielst, dann kommen wir natürlich."

Brahms freute sich, weil seine Eltern noch nie zu einem seiner Konzerte gekommen waren. Sein Vater liebte nur klassische Musik. Brahms vor allem.

Die Villa war sehr groß, mit Säulen vor dem Eingang, als gehöre sie in die Südstaaten der USA und nicht in die Landschaft der Hamburger Walddörfer. Für die Band war in der Halle ein Podest aufgebaut. Beim Soundcheck am Nachmittag arbeiteten noch zahlreiche Helfer, stolperten über Kabel und Serviermädchen in schwarzen Kleidern und weißen Schürzen, trugen Teller und polierten Kristallgläser, bauten Buffets auf. Leihmöbel wurden von Männern mit den Körpern wie Gewichtheber herumgetragen, Sicherheitspersonal inspizierte die Räume. Man erwartete über dreihundert Gäste. Angeblich auch den Bürgermeister.

Brahms setzte sich an den Rand des Podests und sah dem Treiben zu, als plötzlich ein Mädchen in einem weiten weißen Kleid vor ihm stand.

Er sprang auf. „Karina!"

Sie zog die Lider gelangweilt herab. „Gehören Sie zu den Musikern auf meinem Hochzeitsfest?"

Sie grinste, sah sich um, ob sie belauscht wurden. „Gestern habe ich geheiratet, aber ich weiß noch nicht, ob ich den etwas tumben Sohn nehme oder den eleganten Vater. Der ist klasse. Vielleicht nehme ich beide."

Sie zog die Brauen hoch. „Verdammt, du hättest mich entführen sollen! Wir hätten in einer Felshöhle gelebt, du wärst auf die Jagd gegangen, und ich hätte unsere Kinder in das Fell der Bären gewickelt, die du erlegt hättest. Jetzt ist es zu spät."

„Ja, schade."

„Bei der nächsten Gelegenheit. Ich sage dir Bescheid."

Brahms nickte. „Was ist aus Lena geworden?"

„Sie kommt auch heute Abend. Sie ist bei Bollhart geblieben, weil er den Knebelvertrag zerrissen hat. Mal sehen, wie lange sie es aushält, bis sie wieder abhaut."

Als später am Abend Noll & Nichtig zu spielen begann, füllte sich die Tanzfläche. Brahms sah Karina mit einem etwa Vierzigjährigen. Dem Paar wurde applaudiert. Danach beobachtete er sie, wie sie einen älteren Mann nach dem anderen aufforderte, mit ihr zu tanzen.

In der Pause stellte Karina Brahms ihrem Ehemann vor. „Das ist der Mann, dem du es zu verdanken hast, dass ich deine Ehefrau geworden bin", sagte sie.

Er runzelte die Stirn, lachte dann, hielt es für einen Scherz. „Sagten Sie Brahms?", fragte er.

„Ja. Meine Eltern gehören zu Ihren Gästen."

„Ah, Brahms – Kaffee wie Musik."

Brahms nickte, ging zurück auf die Bühne und ans Mikrofon, um eines seiner neuen Stücke zu spielen. Er sah seine Eltern tanzen. Sie bemühten sich, Schritt zu halten, lächelten ihm zu.

Wenig später wurde die Welt Hund. Nicolai Kraskow hatte seinen Auftritt. Die Bobtailfrisur mit viel Gel geglättet und zurückgelegt. Jeweils am rechten und linken Arm seines gelben Smokings eine seiner neuen schönen Töchter im Dirndl aus rotem Samt. Was für ein Angebot! Brahms bemerkte das einsetzende Hecheln einiger Grauhaariger. Lefzen hoben sich, vermehrte Speichelproduktion. Pitbull Daniel Goly blieb, ganz Leibwächter, am Eingang im Hintergrund.

Plötzlich zuckten blaue Blitze durch die Fenster. Zwei Polizeiwagen. Petersen hatte mit zwei Uniformierten seinen Auftritt und genoss ihn offensichtlich. Während die beiden Beamten Kraskow Handschellen anlegten, kam Petersen an die Bühne zu Brahms.

„Fluchtgefahr, da kriegt man immer einen Haftbefehl“, sagte er und gab Brahms die Hand. „Alecha sagt gegen ihn aus, erhofft sich wohl für ihren eigenen Prozess das Wohlwollen der Richter. Auch Lena will gegen Kraskow aussagen. Aber unser wichtigster Zeuge, Sie werden es nicht glauben, ist Martin Bollhart.“

Gleich nach Kraskow gingen auch einige andere Gäste, besonders eilig. Und Pitbull Goly stand am Eingang mit zwei jungen Mädchen am Arm. Schafe, die ohne ihren Wolf nicht wussten, wohin.

Gunter Gerlach

wurde zwar in Leipzig geboren, lebt aber schon so lange in Hamburg, dass er sich einen besseren Wohnort kaum noch vorstellen kann. Er hat eine Reihe von Romanen und Krimis veröffentlicht und zahlreiche Preise bekommen, unter anderem den Deutschen Krimipreis. Die deutschen Krimiautoren haben ihm ihren Friedrich-Glauser-Preis für Kurzgeschichten bereits zweimal verliehen. Sein Protagonist Brahms schnüffelt regelmäßig mit seiner Spürnase durch Hamburg. Bisher sind erschienen „Tod in Hamburg" und „Liebe und Tod in Hamburg".

Mehr über den Autor unter www.gunter-gerlach.de

Gunter Gerlach

Tod in Hamburg. Brahms ermittelt

Ein Ellert & Richter Krimi

192 Seiten

ISBN 978-3-8319-0299-6

Lutz Brahms, Gitarrist und privater Ermittler, findet die Leiche seines Bandkollegen Robert Manley. Schnell wird klar: Robert Manley hatte viele Feinde. Doch wer war sein letzter Gast? Brahms nimmt die Ermittlungen auf und lässt sich von seiner Spürnase kreuz und quer durch Hamburg führen. Von den grünen Vierlanden bis zum noblen Blankenese, von der szenigen Schanze bis zum schicken Eppendorf – Gunter Gerlach fängt die Atmosphäre und den Charme der Hansestadt exakt ein und lässt seinen Helden und Hundekenner an allen Ecken schnüffeln.

Gunter Gerlach

Liebe und Tod in Hamburg. Brahms ermittelt

Ein Ellert & Richter Krimi

192 Seiten
ISBN 978-3-8319-0329-0

Bevor Ralf Winter, Besitzer eines zwielichtigen Erotik-Shops, mit dem Neubau eines Hotels in bester Lage beginnen kann, wird er ermordet. Winters Bruder engagiert Brahms, um den Mörder zu finden – und zwar vor der Polizei.
Brahms' neuer Fall führt ihn mitten hinein ins feine Hamburg der Kaufleute und Immobilienmakler – und ins Rotlichtmilieu auf St. Pauli. Als er selbst schon für den Mörder gehalten wird, wirft sich ihm eine wildfremde Frau in einer Bar an den Hals. Wer ist die schöne Fremde, die ihn ganz offensichtlich zur eigenen Tarnung benutzt?
Brahms, der gern seine Nase in alles steckt, hat nun zwei Fälle zu klären. Wenn schon nicht den Mörder, so will er wenigstens die faszinierende Schönheit wiederfinden, deren Duft er nicht vergessen kann. Zur Verstärkung holt er sich schließlich einen echten Hund.

Carmen Korn
Die Katzenfreundin und die Zeichen des Todes
Ein Ellert & Richter Krimi

176 Seiten
ISBN 978-3-8319-0364-1

Loretta lebt mit ihren zwei Katern in einer Ladenwohnung. Die 32-Jährige hat ein Herz für Katzen, besonders für die Streuner, die wild im Dschungel der Großstadt leben. Als sie eines Abends nach Sonnenuntergang einige ihrer Schützlinge auf einem verwilderten Grundstück füttert, erblickt sie in einem erleuchteten Fenster des benachbarten Hauses einen Mann, der sie beobachtet und ihr mit einem Messer droht. Kurz darauf wird die Leiche einer Frau entdeckt, der die Kehle durchgeschnitten wurde. Ist der Unbekannte der Mörder? Und wie gefährlich wird es nun für die Katzenfreundin?

Katrin McClean
Das Kind in der Speicherstadt
Ein Ellert & Richter Krimi
224 Seiten
ISBN 978-3-8319-0323-8

In der Hamburger Speicherstadt wird die Leiche eines Mannes gefunden. Neben ihm: ein zwölfjähriges Mädchen, das nicht spricht. Wer ist der Tote, was hat das Mädchen mit ihm zu tun? Kommissar Gisbert Arning tappt völlig im Dunkeln. Für seine neue Assistentin Veronika Dorn, eine ehemalige Psychologin, gibt es viel zu tun. Eine emotionale Frau inmitten einer Männerwelt – Katrin McClean lässt die Gegensätze lustvoll aufeinanderprallen.

Katrin McClean
Im Schatten des Geldes
Ein Ellert & Richter Krimi
192 Seiten
ISBN 978-3-8319-0347-4

Veronika Dorn löst ihren zweiten Fall. Dabei verlässt sie sich auf ihre weibliche Intuition, ignoriert die Fakten und forscht auf eigene Faust, obwohl der Tod einer alleinerziehenden Mutter längst als Selbstmord zu den Akten gelegt wurde. Dabei stößt Veronika immer wieder auf das gleiche Thema: Geld. Und allmählich ahnt sie, dass der Mörder der Toten hinter Schuldenbergen zu suchen ist. Katrin McClean stellt die Machenschaften der Kreditinstitute an den Pranger und zeigt schonungslos die Auswirkungen, die die Gesetze der modernen Kreditwirtschaft haben.

Irene Stratenwerth
Entführung am Fischmarkt
Ein Ellert & Richter Krimi

208 Seiten
ISBN 978-3-8319-0346-7

Das ehemals besetzte Haus am Elbhang hat Kristina Wolland lange nicht betreten. Doch jetzt wird sie als Anwältin dorthin gerufen: Ein junger Mann ist verschwunden. Alles deutet auf eine Entführung hin. Ihre Recherchen führen sie in die eigene Vergangenheit. Hat das Verschwinden des Jungen mit dem Geheimnis um seine Zeugung zu tun? Oder hat sich der Schüler tatsächlich in die rechtsradikale Szene verstrickt? Das Geschehen spitzt sich zu, als es zu einer Bluttat in Altona kommt. So beginnt Kristina Wolland nicht nur einen Kriminalfall aufzuklären, sondern auch die Lebenslügen ihrer ehemaligen Kampfgenossen. Irene Stratenwerth hat mit ihrer Protagonistin eine sympathische Figur geschaffen, die sich auf sehr persönliche Art mit der eigenen Vergangenheit auseinandersetzt, Stellung bezieht und dabei auch noch die Zusammenhänge zwischen NS-Kriegsverbrechern und der heutigen Neonazi-Szene aufzeigt.

Martin Wilhelmi
Fernsehfieber. Tödliche Gier
Ein Ellert & Richter Krimi

192 Seiten
ISBN 978-3-8319-0375-7

Prominenz, Geld und Einsamkeit markieren das Jagdrevier für eine „Heuschrecke“ aus London. Sie lauert in der Hamburger HafenCity auf Beute. Unschuldiges Opfer droht die TV-Redakteurin Carina Stern zu werden. Tödlich trifft es aber Tim Bauschke, lebenslustiger Anchorman ihres Senders und Carinas Geliebter. Neben Hamburg sind die Schauplätze der Protagonisten aus Finanz- und Fernsehwelt auch München, London, Mallorca und Jersey. Ein Krimi über die Medien, die Liebe und die Gier nach dem großen Geld. Aus der Feder eines Fernsehjournalisten.

Bibliografische Information der Deutschen Bibliothek
Die Deutsche Bibliothek verzeichnet diese Publikation in der Deutschen Nationalbibliografie; detaillierte bibliografische Daten sind im Internet über <http://dnb.ddb.de> abrufbar.

ISBN 978-3-8319-0341-2

Lektorat: Werner Irro, Hamburg
Gestaltung: Büro Brückner + Partner, Bremen
Gesamtherstellung: CPI books GmbH, Leck

Titelbild: Kixka Nebraska, Hamburg